Ingerose Paust

Vor dem Sturm die Ernte

Ingerose Paust

Vor dem Sturm die Ernte

Roman

BRUNNEN
VERLAG GIESSEN · BASEL

Die Vorgeschichte zu diesem Buch erschien unter dem Titel
„In der Ferne reift mein Weizen"
Bestell-Nr. 3-7655-1663-5

Lektorat: Eva-Maria Busch
Umschlagmotiv: Herbert Pohle, Taunusstein
Umschlaggestaltung: Ralf Simon
Druck und Bindung: Wiener Verlag, Himberg
ISBN 3-7655-1831-X

Wichtige Personen

Die Hauptpersonen dieses Romans sind Nachkommen der deutschen Auswanderer, die 1788 dem Ruf der Zarin Katharina folgten und von Westpreußen nach Südrussland gingen. Ihre Geschichte ist in dem Buch „In der Ferne reift mein Weizen" beschrieben.

Da sind zunächst die Urenkel von *Johann Cornies*, unter dessen Leitung der mustergültige Aufbau der deutschen Ansiedlungen stattfand, und die seines Freundes *Thomas Neufeld*, der seinerzeit das Schulwesen aufbaute:

Emanuel Cornies und *Tine*
Sohn *Wilhelm* und *Ruth*
deren Kinder *Michael*, *Barbara* und *Johannes*

Georg Wiebe und Lea (1905 nach USA),
Sohn *Matthias* (1905 nach USA) und
Tochter *Julie* (in den USA geboren)

Lukas Neufeld und Esther (1873 nach USA)
Tochter *Luisa*, verh. mit dem Bauern *Abraham Boger*
Tochter *Anne*, verh. mit dem Journalisten *Harry Sailer*

Jakob Neufeld (1929 nach USA) und *Magdalene* (vorher gestorben)
Sohn *Simon* und *Rahel* (1905 nach USA)
Sohn *Martin* und *Hanna* (1929 nach USA)
Simons Sohn *Dietrich* und *Dina* (1905 nach USA)
Martins Sohn *Gottfried* und *Franzi*
deren Sohn *Philipp*

Weitere Nachkommen der ersten Ansiedler:
Daniel Krüger (1929 nach USA)
seine Braut *Debora*
seine spätere Frau *Kathy* (in den USA geboren)

Daniels Vetter *Peter Krüger* und *Elisa*
deren Söhne *Heiner* und *Hannes* (1929 nach USA)

Außerdem:
die Bauern *Höppner*, *Penner*, *Bartsch*, *Martens* (1905 nach USA)
Prediger *Heinrich Dyck*
Arzt *Georg Frisch*

I

Hallo, Harry!" Der Dunkelbärtige mit dem markanten Gesicht klopft dem jungen Mann vor ihm auf die Schulter. Harry Sailer hat im Gehen grade auf seinen Block geschrieben: „Victoria in Kansas, 14. September 1903." Er dreht sich spontan um und ist freudig überrascht: „John, du? Du bist auch hier? Wie geht's?"

„Wenn ich auch längst nicht mehr Reporter bin, zieht's mich doch zu besonderen Ereignissen. Kannst du gewiss verstehen."

„O ja, nur zu gut. Mir kannst du dagegen wohl nachfühlen, dass ich Lampenfieber habe. Als du in Pension gingst, hatte ich gerade als ‚Stift' angefangen. Du mochtest mich, hast mir den Beginn noch leicht gemacht. Heute ist die Konkurrenz groß, und unsere Illustrierte Staatszeitung muss ihre Vorrangstellung immer neu beweisen. Da soll's schon ein gut recherchierter Bericht werden."

„Keine Sorge, Junge, das schaffst du. Der Stoff, der sich heute bietet, ist reichhaltig und bunt. Ich habe vor dreißig Jahren berichtet, als erst einmal zwölf Abgesandte aus Russland nach Kansas kamen, um die Lage für Einwanderer zu peilen. Zwei Jahre später war ich bei der Ankunft der Deutschen aus den russischen Weiten zugegen. Fünfzehntausend waren es erst einmal, sie gingen auch nach Oklahoma, Nebraska, Minnesota und nach Kanada. Ein großer Teil blieb aber hier."

„Und?"

„Du kennst sicherlich inzwischen die bewegende Geschichte dieser Mennoniten, der Taufgesinnten, benannt nach ihrem ersten Führer Menno Simons. Ich wusste damals nur, dass sie nach strengen Regeln lebten ... Dass sie die Bergpredigt auf alle Lebensbereiche anwandten und weltliche Ämter, vor allem aber Gewalt und jeglichen Kriegsdienst ablehnten. So mussten sie nach Ländern suchen, deren Regenten dies zuließen. Ich hatte damals viel zu fragen, kein Mensch hier wusste über diese Leute Bescheid. Sie selber erzählten mir dann, dass sie seit etwa 1550 aus den Niederlanden und vor allem Norddeutschland an die Weichselmündung nach Westpreußen auswanderten, wo ihnen die Privilegien, ganz ihrem Glauben gemäß zu leben, nach dem Tode Friedrichs des Großen aber genommen wurden."

„Eine Fügung, dass ich dich hier treffe, John! Ich hatte vorher nicht viel Zeit für Recherchen! Ich weiß nur, dass die russische Zarin Katharina die Deutschen 1788 nach Südrussland rief, in das Gebiet, das sie zuvor von den Türken erobert hatte. Die Siedler machten die Öde urbar. Warum wollten sie kaum hundert Jahre später dort abermals fort?"

John schmunzelt. „Siehst du: Alles wiederholt sich. Es ist der gleiche Grund wie damals, als sie Deutschland verließen – ihre Ablehnung jeglicher Gewaltanwendung. Diesmal war es der Urenkel der Zarin, Alexander II., der das Privileg der Befreiung vom Wehrdienst aufhob. Es gab politische Gründe dafür. Schon im verlorenen Krimkrieg 1854/56 hatte er erkannt, wie weit Russland militärisch hinter den westlichen Großmächten zurückgeblieben war. Nun flößte auch das 1870/71 wieder erstarkte Deutschland der Zarenregierung Bedenken ein. Aber man hatte nicht damit gerechnet, dass die meisten keine Kompromisse eingehen, sondern das Land lieber wieder verlassen wollten. Die Deutschen zu verlieren, war aber nicht seine Absicht. Katharina hatte nicht nur einmal hervorgehoben, dass sie das blühende Land ihnen verdankte, ihren Deutschen. Ebenso wichtig war der Einfluss der Siedler auf die Lebensart der Russen. Auch Alexander wusste sehr wohl, was er an ihnen hatte! Für die, die sich partout nicht halten ließen, begrenzte er die Möglichkeit der Auswanderung bis 1880. Wie sehr er Amerika grollen mag, dass es Freizügigkeit bot!

Nun, für uns sind die Menschen, die herkamen, ein wahrer

Gewinn. Weißt du, ich habe damals, als ich sie auf der nackten wüsten Steppe ihre ersten Hütten bauen und mit den plumpen mitgebrachten Geräten arbeiten sah, mir den Kopf gekratzt. Als ich nach drei Jahren wieder hinkam, konnte ich kaum glauben, was ich sah. Schmucke Dörfer waren entstanden. Rings um die Häuser blühten Gärten, Getreide wogte auf den Feldern. Niemand hatte für möglich gehalten, dass Weizen hier überhaupt – und dann so gut – gedeihen könnte. Neunmalkluge aus den Ländern ringsum, die die Farmer zuerst ausgelacht hatten, waren bald verstummt.

Einige Zeit nach meinem ersten Aufenthalt war ich wieder neugierig. Es war längst bekannt, dass sich die Deutschen zu guten amerikanischen Bürgern entwickelten, dabei jedoch ihren heimatlichen Sitten und Gebräuchen treu blieben. Eins hatten sie aber inzwischen klugerweise aufgegeben: das Dorfsystem, wie sie es in Russland gewohnt waren. Ihr Bedürfnis nach Eigenständigkeit war groß, und nun standen schöne, solide Häuser inmitten ihrer Besitzungen. Durchschnittlich besaßen sie tausend Dollar bei der Ankunft. Nach zwei Jahren hatten sie tausend Dollar Kreditschulden, hauptsächlich bei den Eisenbahngesellschaften, die ihnen das Land günstig verkauft hatten, doch vier Jahre später waren sie schuldenfrei und hatten bereits Maschinen gekauft. Heute sind die meisten wohlhabend, manche sogar reich. Ihre Ausdauer, Umsicht und Fleiß sind einfach vorbildlich."

„Ich habe schon die prächtigen Wagen bewundert, mit denen viele von ihnen hergekommen sind", unterbricht Harry.

„Ja, manche haben einen weiten Weg hinter sich. Von Topeka, wo im Anfang ihr Sammelplatz für Kansas war, aus Newton, Marion County, Hillsboro, McPherson zum Beispiel sind es etliche Stunden bis hierher nach Victoria. Dieses Städtchen verdankt seine Entstehung ja nur der Eisenbahn ... ohne die hätte es heute nicht seinen großen Tag."

„Ich glaube, wir müssen jetzt zum Bahnhof. Für mittags ist der Zug mit dem Präsidenten angesagt. Schau – dort stehen sie schon dicht an dicht: auf der einen Seite die Männer und Jünglinge, auf der anderen Frauen und Kinder ..."

„Wir können uns glücklich schätzen, dass Theodor Roosevelt unser Präsident ist. Er erschließt den ganzen Westen des Kontinents durch die Bahn und Straßen. Nun will er sich auf dieser Reise anschauen, was getan und was noch zu tun ist. – Noch etwas anderes, Harry. Wie alt bist du jetzt?"

„Vierundzwanzig."

„Schon Familie?"

Harry errötet. „Nein, John, ich halte noch Ausschau. Es soll wirklich die Richtige sein. Vorhin habe ich eine gesehen, die könnte mir gefallen ..."

„Wenn sie eine Mennonitin ist, muss sie einen Mann nach Maß bringen – einen mit exakt den gleichen Anschauungen. Bei den Spaltungen, die sich unter ihren Gemeinden aufgetan haben, ist das von vielen Einzelheiten abhängig."

„Soll mich zunächst nicht beschweren. Ich weiß ja nicht einmal, wer sie ist. Und wie ich bei so strengen Sitten an sie herankommen sollte, wüsste ich auch nicht."

„Kommt Zeit, kommt Rat – das ist ein deutsches Sprichwort. Kennst du's?"

„Bisher nicht, aber es gefällt mir. – Wirklich gut, dass ich dich heute getroffen habe, John. Du weißt so viel!"

„Ich gebe dir meine neue Adresse, bin voriges Jahr umgezogen. Würde gern hören, wie es dir weiterhin ergeht."

„Könnte auch sein, dass ich dich mal was fragen möchte. Darf ich?"

„Natürlich. – Jetzt sage ich dir vorsorglich schon mal Lebewohl, falls wir uns im Gedränge verlieren, denn ich fahre dann mit einem Gemeinschaftswagen heim und kann nicht warten. Aber rasch noch ein Tipp, Harry: Der Mann dort drüben mit der hellen Jacke und dem schwarzen Barett – das ist einer, der – im Gegensatz zu manchen anderen – kontaktfreudig ist. Das Wort ‚liberal' hören Mennoniten nicht so gern. Ich kenne ihn, habe ihn schon einmal auf seinem Hof besucht, als ich in der Gegend um Newton unterwegs war. Versuche dich an ihn heranzumachen. Er heißt übrigens Lukas Neufeld, stammt aus Ohrloff am Milchflüsschen, der Molotschna, zwischen

Dnjepr und Wolga – Namen, die du immer wieder hören wirst."

„Danke für alles, John. Wir sehen uns bestimmt mal wieder." – Sailer befolgt den Rat und kämpft sich langsam zu dem Mann mit dem schwarzen Barett durch.

„Grüß Gott. Darf man fragen, wo Ihr herkommt?"

„Aus Gnadenfeld bei Newton", antwortet er freimütig.

„So seid Ihr heute schon sehr früh aufgebrochen, nicht wahr?"

„Ein solches Ereignis ist's wert: der Präsident kommt und will uns Mennoniten sehen! Welche Ehre! Wir müssen ihm zeigen, wie dankbar wir sind, hier leben zu können."

Das Gespräch ist schnell zu Ende, denn Bewegung geht durch die Menge. Die Kinder schwenken ihre zierlichen Blumengebinde. Der Zug fährt ein! Als er hält, tritt Roosevelt auf die Plattform seines Wagens und winkt den Wartenden zu.

Die Männer bringen auf Deutsch begeistert Hochrufe aus. Die Kinder singen auf Englisch „Red, White and Blue". Dann überreichen die Mädchen ihre Blumen, die meisten schüchtern, andere wieder strahlend und keck: „For you, dear Mister Präsident". Er nimmt alle behutsam entgegen, sagt „thank you so much", während ihm ein Eisenbahner einen Korb für die bunte Pracht reicht.

Theodor Roosevelt ist sichtlich ergriffen. Sein Ton ist herzlich, als er nun zu den Leuten spricht. Harry Sailer versucht wörtlich mitzuschreiben.

„Von ganzem Herzen danke ich euch, dass ihr gekommen seid und mir einen solch warmen Empfang bereitet habt. Kein Zusammentreffen hat mir größere Freude gemacht als hier mit euch.

Ich bin über das, was ihr auf den Farmen, in anderen Berufen und in all eurem Tun hier leistet, gut unterrichtet, und ich beglückwünsche euch und zugleich unser Land, dass wir solche tüchtigen Bürger haben.

Zugleich gratuliere ich euch aber auch zu euren lieben Kindern, zu der Art, wie ihr sie erzieht. Der Gesang hat mich sehr erfreut. Wahrhaft wohltuend ist für mich der Anblick so hochverdienter Ansiedler und vortrefflicher Eltern und Kinder. Und ich bin froh und stolz, dass ich Gelegenheit habe, euch zu sehen ..."

Lukas Neufeld betrachtet hingebungsvoll den Präsidenten. Rund ist sein Gesicht, von vollem Haar umgeben, dick die Augenbrauen, kräftig und breit der Oberlippenbart. Er murmelt: ‚Sein ganzes Wesen weckt Vertrauen ...' Als Roosevelt in die Runde schaut, treffen sich ihre Blicke.

Sympathie beruht fast immer auf Gegenseitigkeit. Er nickt dem Bauern freundlich zu. Der kam damals mit den ersten Siedlern her, nachdem die zwölf Abgesandten gute Nachricht nach Russland gebracht hatten. Er braucht es nicht zu bereuen, o nein. Und doch gehen seine Gedanken oft an die Molotschna zu seinem Bruder, der damals zurückblieb. Wenn er nur wüsste, wie er ihn nachholen könnte! Mit Briefen schafft er es nicht ...

Der junge Journalist, der ihn vorher ansprach, steht noch neben ihm.

„Nicht wahr, Ihr sehnt Euch nicht zurück über'n Teich?", fragt er jetzt auf Deutsch.

„Nein", sagt er, „nein, gewiss nicht. – Seid Ihr auch von drüben?"

„Meine Eltern stammen aus Bremen."

„Auch Bauern? Und wo?"

„Nein, Vater ist bei der Eisenbahn, und ich arbeite für die Illustrierte Staatszeitung in der City. – Für das, was ich heute zu berichten habe, wäre mir ein Gespräch noch willkommen. Ich möchte mehr von euch Mennoniten wissen, denn wie der Präsident urteilte, müsst ihr schon einzigartig sein."

„Gebt Euch keinen Illusionen hin. Wie der Präsident von uns denkt, ehrt uns sehr. Aber er sieht natürlich zuerst das Äußere – die sauberen Anwesen, Felder mit reichsten Ernten, den Fleiß, die Sparsamkeit. Doch das macht uns noch lange nicht untadelig. Wer da tiefer hineinschaut ..."

„Wie soll ich das verstehen?"

„Ich würde Euch gern mehr erzählen, aber ich habe nicht viel

Zeit, muss heute noch heim. Doch wenn Ihr vielleicht mitfahren und Euch bei uns umsehen wollt? Platz ist im Wagen. Ich warte nur auf meine Tochter."

„Das wäre großartig. Ich will mich erst einmal vorstellen: Harry Sailer."

„Ich bin Lukas Neufeld."

Der junge Mann reibt sich die Hände. „Heute ist mein Glückstag", denkt er. Er geht ans Bahnhofstelefon, gibt rasch einen kurzen Bericht an die Redaktion durch und sagt, dass er eine Gelegenheit wahrnimmt, wertvolle Ergänzungen zu bekommen.

Das ganze Ausmaß seines Glücks erkennt er aber erst kurze Zeit später. Anne, die Tochter – sie ist jenes Mädchen, das ihm inmitten der Menge aufgefallen war ... Sein Herz stockt fast. Anne also, Anne ... Blond ist sie, das glänzende Haar umrahmt ein schmales, feines Gesicht mit braunen Augen.

Als sie bemerkt, wie sein Blick an ihr haftet, lächelt sie. Aber ihm ist zunächst nicht klar, was es bedeutet. Vielleicht heißt es ja: Du kommst zu spät? Oder: Mich lächeln viele an?

Jedenfalls ist sie ebenso freundlich und aufgeschlossen wie der Vater. Bei Leuten mit so strengen Sitten, wie John sie beschrieb, noch dazu für ein Mädchen sicherlich nicht selbstverständlich.

Hundertmal hat er sich schon vorgestellt, wie es sein wird, wenn er einmal der Richtigen gegenübersteht. Und nun?

*

Sie fahren durch das sonnige Land. Grüne Wäldchen zu beiden Seiten des Weges, goldgelbe Stoppelfelder, braune gepflügte Äcker. Dazwischen verstreut – oftmals von der Straße aus im dichten Grün nur schwer zu sehen – feste Holzhäuser, manche weiß angestrichen, mit ebenfalls hölzernen Fensterläden. Die Gärten und kleineren Felder ringsherum sind umzäunt von Hecken und Obstbäumen, die zum Teil Alleen bilden. Sind einmal zwei Häuser nicht allzu weit voneinander entfernt, führt ein mit Pappeln gesäumter Fußweg von einem zum anderen.

„Wie in der Molotschna“, bemerkt Lukas. „Von dort haben wir viel Brauchbares mitgebracht, auch Samen und Stecklinge, um manches wie früher zu gestalten. Von den selbst gezogenen Aprikosenbäumen zum Beispiel fahren wir Rekordernten ein.“

„Auch diese fremdartigen Bäume am Wegrand hier stammen aus Russland?“, will Harry wissen.

„Anne, erkläre ihm alles!“

„Das sind wilde Ölbäume mit sehr wohlriechenden Blättern. Hier – ich reiße im Vorbeifahren mal eins ab. Herrlich, der Duft, nicht wahr? Und dort, als Hecke, Maulbeerbäume. Wisst Ihr, wozu man sie braucht?“

„Als Brennmaterial vielleicht, wenn sie verschnitten werden?“

„Auch das, zunächst aber dienen sie als Futter für die Seidenraupen.“

„Mädchen, du wärst ein gescheiter Reporter! Willst du's nicht werden?“

„Setzt ihr keine Flausen ins Ohr!“, mahnt der Vater, aber er lacht dazu.

„Wenn Ihr –“

„Anne, ich bin nicht viel älter als du. Sag' Harry, nicht ‚Ihr'.“

„Wenn du also Raupenzucht und Seidenherstellung nicht kennst, sollten wir sie dir zeigen – ja, Vater? Du bist doch auf den Spuren der Mennoniten, und sie brachten dies mit.“

„Wir halten bei Johann Hölzel“, sagt Lukas.

Hölzel empfängt die Besucher sehr freundlich. „Nur herein!“, sagt er auf Deutsch. Aber er sieht eher wie ein Russe aus, trägt einen langen Bart und hat eine Kosakenmütze auf dem Kopf. Er spricht kaum Englisch, deshalb ist er sehr froh, dass der junge Mann Deutsch versteht. Auf der Sitzbank liegen als Polster tatarische dicke Lammfelle, und der Raum sieht genauso aus, wie Harry einmal die Beschreibung einer russischen Stube gelesen hat: der Fußboden mit Sand bestreut, die kastenförmigen Möbel rot und grün angestrichen. Auf Tischen und Gerüsten sind Lagen von Maulbeerzweigen ausgebreitet, und diese mit tausenden von Raupen bedeckt. So geschwind wie sie die Blätter verzehren, werden neue Zweige hingelegt. Und wenn die Tiere wachsen, muss für mehr Platz gesorgt werden. Schließlich fressen sie ganze Fuhren von Zweigen kahl.

Marie, die Hausfrau, ist sehr gewandt mit Seidenhaspeln beschäftigt – auf einem rohen, selbst gefertigten Haspel. Die Kokons liegen in einem Trog mit kochendem Wasser.

„Nun schaut her, ich fange die Fäden der Kokons einfach auf, lasse sie zu einem Faden zusammenlaufen und drehe diesen auf die Spule. Es braucht ein bisschen Geduld ...“

Harry schaut aufmerksam zu und staunt. Er stellt Fragen, macht sich Notizen und eine Skizze.

„Und Euer wunderbar glänzendes Kleid, das dort hängt, hat wirklich dieser grüne, krabbelnde Wurm geliefert?“ Er schüttelt den Kopf.

„Nicht wahr, kaum zu fassen“, amüsiert sich Anne. Ihr ist das alles geläufig. „Habt Ihr – hast du auch notiert, dass dies die Mennoniten eingeführt haben?“

Frau Hölzel will die Besucher noch bewirten, aber Lukas dankt.

„Ihr wisst, es ist noch ein ganzes Stück bis Gnadenfeld. Wenn wir das nächste Mal vorbeikommen ... Vielleicht schaut Ihr aber auch erst einmal bei uns ein?“ - „Ihr Mennoniten haltet sehr zusammen, nicht wahr?“, meint Harry, als sie weiterfahren.

„Großenteils ja“, antwortet Lukas, „aber ich sage noch einmal: idealisiert nur nichts!“

Harry hat die ganze Zeit Anne beobachtet und ist sicher, dass sie längst spürt, wie sehr er sich zu ihr hingezogen fühlt. Ihre Blicke begegnen sich, und die Augen sprechen. Kein Zweifel, Anne ist das Mädchen, das er gesucht hat und zur Frau haben möchte. Und er will nicht lange warten, sie zu fragen. Aber wie nur?

*

Im Gehöft der Neufelds ist's beeindruckend ordentlich. Das Holzgebäude ist von amerikanischer Bauart. Doch der Stall hat ein Schilfdach, und auf dem gurren viele Tauben. Esther, die Mutter, heißt den Gast willkommen, und Anne erzählt ihr, wer er ist.

Maulbeerhecken stehen auch hier zu beiden Seiten des Weges vor der Eingangstür. Sie sind sehr niedrig gehalten, offenbar dienen sie nicht als Raupenfutter. Vor dem Haus prangen üppige bunte Blumenbeete.

Das Innere ist gediegen möbliert. In Küche und Wohnstube sind Schränke gleich eingemauert. Das Auffallendste ist ein Ofen, in die Wände zwischen drei Räume gebaut, sodass er alle Zimmer zugleich heizt und man in der Küche auch noch darauf kochen kann. Der Rauch zieht in einen geräumigen Schornstein, der zugleich als Räucherkammer dient.

Das Abendbrot ist für Harry ein Festessen. Alles was vorgesetzt wird, wurde selbst erzeugt: Butter, Wurst, Käse, Gurken, auch das Brot.

„Einfach köstlich!", lobt er und langt kräftig zu. Dabei ist es doch nur zweitrangig für ihn, wenn er Anne sieht. Selbst seine Reportage rückt in den Hintergrund. Nur gut, dass es Telefon gibt und er schon anrufen konnte. Er weiß jetzt nämlich nur eins: dass er so bald wie möglich mit ihr reden muss. Die Eltern und gewiss auch Anne werden es natürlich für vollkommen übereilt halten – schließlich ist er ihr heute zum ersten Mal begegnet. Doch was soll er tun? –

Als sich alle vier am Abend unterhalten, beginnt der Vater mit einem Thema, das ihn offensichtlich am meisten beschäftigt.

„Es war ein Segen, dass Amerika uns aufgenommen hat. Wenn nur Jakob mit hier wäre ...! Wir sind fast gleich alt, nur ein Jahr Unterschied, und haben in jungen Jahren zusammengehalten wie Pech und Schwefel, so hieß es sprichwörtlich bei uns. Alles haben wir gemeinsam gemacht ..."

„Wie kam es, dass er sich nicht angeschlossen hat?"

„Die Frage geht mir all die Jahre hindurch nach. Doch da

muss ich ein wenig weiter ausholen: Ich fange wieder mit der Molotschna an. Mein Urgroßvater Thomas Neufeld, Lehrer von Beruf, wanderte aus Westpreußen ein. Gemeinsam mit seinem Freund Johann Cornies hat er den Aufbau des ganzen Gebietes maßgebend gestaltet. Sein Sohn Peter, mein Großvater, wurde auch Lehrer. Aber meinen Vater Dirk nahm der einstige Werber der Zarin mit nach Lettland, wo er ihm sein Gut übergab, weil er keine Nachkommen hatte. Nun waren wir aber drei Brüder, und das Land sollte nicht zerstückelt werden. Tobias, der Älteste, bekam es. Es war genug Geld da, um für Jakob und mich auch eigene Anwesen zu kaufen. Dazu ging der Vater mit uns in die alte Heimat. Es gab dort lange Zeit ebenso die Not, dass man Höfe nicht endlos teilen konnte. Die zweiten und weiteren Kinder der Familie mussten folglich immer weiter ostwärts gehen, um dort neu zu siedeln – erst an die Wolga, ans Uralgebirge, dann nach Mittelasien – Kasachstan, Kirgisien, ja bis nach Sibirien. So genannte Tochtersiedlungen gab es dort. Während es im ursprünglichen Siedlungsgebiet schließlich rund dreihundert deutsche Gemeinden gab, existierten bald zehnmal so viele Neugründungen.

Seit der strikten Einführung der Wehrpflicht gab es aber auch in den ursprünglichen Kolonien Besitztümer zu kaufen, nämlich von den Bauern, die keine Kompromisse eingehen wollten und wieder emigrierten.

Mein Vater hatte einen festen Glauben und war stets darauf bedacht, streng nach den mennonitischen Regeln zu leben. So waren auch wir erzogen. Doch da war der Brief eines angesehenen Kirchenältesten, der zu bedenken gab, dass man in Russland viel Gutes erfahren habe, und er hoffte natürlich auch weiterhin auf eine gewisse Nachsicht. Vater war durch seinen Gönner geprägt und dachte ebenso. Ersatzdienste verstießen doch sicher nicht gegen die Gebote!

Zum Beispiel hatte man im russisch-türkischen Krieg in der Molotschna ein Lazarett eingerichtet und Verwundete gepflegt. Das war mit einem kaiserlichen Dankschreiben anerkannt worden. Ansonsten, so hieß es, könne Dienst im Forst geleistet werden, etwa bei großflächiger Schädlingsbekämpfung. Das sollte gestattet werden, wenn es auch keine Behörde einem schriftlich gab.

Vater hing an der Molotschna und hoffte, durch den Kauf unserer Höfe in seinem Alter dorthin wieder zurückzukehren. Während er alte Freunde aufsuchte, kamen wir mit zwei Männern ins Gespräch, die die Leute zur Auswanderung ermunterten. Sie waren mit zehn weiteren in Amerika gewesen und wussten anschaulich zu berichten. Es waren der Prediger Isaak Peters und der deutsche Konsul Peter Jansen. Sie fielen aber den Regierungsbeamten auf und wurden von heute auf morgen des Landes verwiesen. Jakob hatte sich indessen festgelegt und Gefallen an einem stattlichen Hof gefunden – sie waren in Russland übrigens ebenso gut wie jetzt hier. Er hatte sich auch bereits ein Mädchen ausgesucht: Magdalene sollte seine Bäuerin werden.

Aber ich zögerte. Was die Abgesandten von der neuen Welt erzählt hatten, klang gut. Und da es sowieso um einen Neuanfang ging – warum nicht dort, wo man zudem aller Gewissensnöte ledig war?

Mit Vater kam ich überein, er gab mir das Geld. Allerdings wollte ich zusammen mit Jakob gehen. Doch schließlich hieß es, ich solle sozusagen der Vorreiter sein, und er könne ja dann nachkommen. Auf dem Schiff lernte ich Esther kennen. Der Anfang wurde uns durch mein Erbe leichter als manch anderem."

„Und Ihr hofft immer noch, Euren Bruder zum Herkommen zu bewegen?"

„Ja, zumal ich erfahren habe, dass in Russland erneut Aufbruchstimmung herrscht. Die Russifizierung schreitet rapide fort. Die Verwaltung in Odessa, der die Kolonie unterstand, wurde aufgehoben und zentralen russischen Behörden übergeben. Selbst in den mennonitischen Gebietsämtern wurde Russisch zur Amtssprache erhoben – genauso wie in den deutschen Schulen zur Unterrichtssprache. Jetzt soll die deutsche Sprache generell verboten werden. Drei Abordnungen gingen an den kaiserlichen Hof nach Petersburg, um Einspruch einzulegen. Alle kamen unverrichteter Dinge zurück."

Die Frauen haben den Vater nicht unterbrochen. Offenbar wissen sie, dass er sich sein Problem immer wieder einmal von der Seele reden muss. Esther glaubt sicherlich nicht mehr daran, dass sein Wunsch sich erfüllt. Immerhin ist der Schwager inzwischen sechzig. Aber sie stimmt Lukas zu.

„Die letzte Weizenernte war wieder so gut, dass wir ihm beim Neubeginn tüchtig helfen könnten."

Mit diesem Thema geht der Abend zu Ende. Harry hat sich Notizen gemacht, aber nur halbherzig.

Anne – wie soll er hier nur vorgehen?

*

Am nächsten Morgen fasst er neuen Mut. Er soll sich im Dorf noch dies und das anschauen – die gemeindeeigene Mühle, ein paar Handwerksbetriebe ... und der Vater schickt Anne mit, es ihm zu zeigen! Das hatte er während der unruhigen Nacht nicht zu hoffen gewagt.

„Welch ein Tag!", sagt er, als sie nebeneinander hergehen. „Da bin ich losgefahren, um über den Besuch des Präsidenten bei den Mennoniten zu berichten, und nun ..."

„Was – nun?" Anne sieht ihn neugierig an.

„Nun habe ich dich getroffen ..."

Jähe Röte schießt ihr ins Gesicht.

„Ich meine, du bist nicht allzu überrascht. Es wäre zwar schicklicher gewesen, eine Zeit verstreichen zu lassen. Ich will dich wirklich nicht überrumpeln, aber wann habe ich sonst Gelegenheit, es dir zu sagen: Du bist die Frau, die ich mir für's Leben wünsche. Bist du noch frei?"

Sie blickt zu Boden und sagt: „Ja, Gott sei Dank. Aber bitte rühr mich jetzt hier, wo uns Leute sehen könnten, nicht an. Es würde einen Sturm auslösen. Du kennst sie nicht ..."

„Aber deine Eltern darf ich fragen? – Oh, Anne, was ich dem Präsidenten alles verdanke!"

„Juble nicht zu früh. Wenn Vater und Mutter auch ja sagen, so kennst du doch die Mennoniten nicht. Du bist schließlich in ihren Augen ein Heide ..."

Er schüttelt den Kopf. „Du denkst das hoffentlich nicht! Ich bin überzeugter Lutheraner und nehme meinen Glauben sehr ernst, kenne mich in der Bibel aus. Meine ganze Familie ist lutherisch. Ist dieser Menno nicht auch reformatorisch aufgetreten?"

„Und wenn du ein Pastor wärst – als Nichtmennonit giltst du nichts."

„Dann werde ich mich dir zuliebe mit euren Glaubensregeln befassen und mit dir in den Gottesdienst gehen."

„Nicht so einfach. Mein Vater würde gescholten, dass es nur dem einen Zweck dienen soll. Ich schäme mich zwar, das zu sagen. Aber besser, du weißt Bescheid, nicht wahr?"

„Gott wird einen Weg für uns wissen."

„Ja, das glaube ich auch. – Vater wird es allerdings Probleme machen, dass du kein Bauer bist. Es ist kein Sohn da als Erbe."

„Hast du gar keine Geschwister?"

„Doch, eine Schwester. Sie hat vor vier Jahren geheiratet, einen Farmer mit eigenem Hof. Eigentlich hätte die Gemeinde – und das war schon die gemäßigte, zu der wir uns seitdem hielten – gern verhindert, dass sie ihn nimmt. Aber er hatte ihr bei einem Unfall in der Stadt das Leben gerettet. So sah es der Pastor als eine Führung Gottes an. Aber längst nicht alle waren damit einverstanden."

„Und warum nicht?"

„Er ist ebenfalls – Lutheraner."

Harry holt tief Luft. „Komm, lass' mich bald zu deinen Eltern gehen. – Hörst du, wie mein Herz klopft?"

Aber als er Lukas und Esther dann gegenübersteht, spricht er mit fester Stimme. „Ich bitte um Vergebung, dass ich Euch mit meiner Frage überfalle. Weil ich nicht länger bleiben kann, muss ich sie heute stellen und kann keine Umschweife machen: Wollt Ihr mir Anne zur Frau geben? Mit ihr will ich mein Leben teilen."

Die Mutter presst die Hand aufs Herz, sieht ihren Mann an.

Der antwortet nicht spontan. Es vergehen Sekunden – oder sind es Minuten, die sich zu Ewigkeiten dehnen? Schließlich sagt er: „Darauf kann ich nicht antworten, ohne zunächst meine Tochter zu fragen."

„Da kann ich Euch versichern: Sie will ..."

„So so, sie will." Ein Schmunzeln huscht über sein Gesicht und lässt den jungen Brautwerber ein wenig aufatmen. Dann sagt er dasselbe wie Harry eben zu Anne: „Welch ein Tag! Da bin ich gestern losgefahren, um den Präsidenten mit zu begrüßen, und nun ..."

„Gottes Wege sind oft andere, als wir sie uns vorstellen."

„Ganz recht. Gottes Wege. Da sind wir schon bei einem der Stolpersteine, wie sie unsere Gemeinde bereithält. Sie sieht Gottes Walten nur, wenn es mit ihren Vorstellungen übereinstimmt. Ihr seid doch kein Mennonit, denn dann müsstet Ihr Euch nicht über uns informieren ..."

„Aber ich bin Lutheraner, Jesus Christus ist mein Herr, wie er auch der Eure ist."

„Ich persönlich sehe das auch so. Aber ... nun, hoffentlich schockiert Euch nicht gar zu sehr, was ich Euch jetzt erzähle. Unsere Gemeinde ... Wir haben hier ebenso eine Spaltung, wie sie schon in Russland aufbrach.

Wir gehörten zuerst zu den Altmennoniten. Der Prediger war wie ein Diktator, er wollte uns fast vorschreiben, wie wir Luft zu holen haben. Ich will das nicht weiter ausführen. Jedenfalls gehören wir jetzt zur Mennonitenbrüdergemeinde."

„Könnt Ihr mir den Unterschied wenigstens andeuten?"

„Ich weiß, es ist für Außenstehende schwer zu verstehen. Die Mennonitengemeinschaft, heißt es, ist vor allen anderen die einzig rechte, die sich von der Apostelzeit herleitet. Paulus sagt: ‚Gehört ihr Christus, so seid ihr Abrahams Samen und nach der Verheißung Erben.' Ich halte es für gefährlich, dies für niemand anderes als für sich selbst gelten zu lassen. Wir sollten Gott danken, dass er uns trotz der Sünde der Uneinigkeit, des Spaltens und Trennens nicht fallen lässt. Der Herr allein kann machen, dass wir etwas werden zum Lobe seiner Herrlichkeit.

Für die Altmennoniten – und auch da gibt es verschiedene Gruppierungen – gilt nur der Buchstabe. Wir anderen sagen: Der Heilige Geist und rechter Glaube sind maßgebend. Letzten Endes nehmen aber beide für sich in Anspruch, die einzig rechten zu sein.

Wir mussten uns in der Familie vor vier Jahren mit diesem Thema auseinander setzen. Anne hat Euch mit Sicherheit von ihrer Schwester erzählt. Ihr Mann, Abraham Boger, ist ein feiner, tief gläubiger Mensch. Wir waren ihm sofort zugetan, als er kam und um Luisa warb. Sie ist unsere Große, drei Jahre älter als Anne. Die Altmennoniten sahen diese Heirat beinahe als Weltuntergang an. Das gab den letzten Anstoß für unsere Trennung von dieser Gemeinde."

„In der Brüdergemeinde ist es nun einfacher?"

„Das dachten wir. Die beiden sind dort getraut worden. Aber der Pastor musste auch den ‚Beweis' von Gottes besonderer Führung antreten, und nicht alle waren davon überzeugt."

„Unser Schwiegersohn ist auch ein Deutscher aus Russland", erzählt die Mutter. „Er kam im Jahre 1894 her, stammt aus dem Kubangebiet südlich vom Asowschen Meer. Dorthin war seine Familie erst vierzig Jahre vorher aus dem deutschen Schwabenland gezogen. Sie gingen nun nicht wegen des Wehrdienstes fort, obwohl sie auch vom Wegfall des Privilegs betroffen waren. Doch für sie war Wehrlosigkeit kein Gesetz des Glaubens. Sie flohen vor der Cholera, die zu jener Zeit ganze Dörfer ausrottete. Hier unterscheiden sie sich in einem nicht von den Mennoniten: in ihrem großen Fleiß, sich eine neue Heimat zu schaffen. Aber was deren Sturheit gegenüber anderen betrifft, sind sie ihnen an vernünftiger Toleranz weit überlegen.

Luisa und Abraham haben ihren Hof in Hoisington bei Great Bend. Seit Luisa ein schlimmes Erlebnis mit unseren Altmennoniten hatte, kommen sie nur noch selten her. Wenn wir sie und unsere beiden Enkel sehen wollen, müssen meist wir hinfahren. Gnadenfeld bedeutet Spießrutenlaufen für sie.

Stellt Euch vor: Zur Beerdigung meiner Schwester hat der

Prediger das Begräbnis einfach nicht vorgenommen, solange Luisa mit am Grab stand. Er hat ihren Namen nicht genannt, aber gesagt, in Gegenwart von Heiden kann keine heilige Handlung vollzogen werden. Erst als sie den Friedhof verließ, hat er mit der Grabrede begonnen."

„Heiden! Das ist doch nicht möglich!"

„Ihr wisst nun, worauf Ihr Euch einlasst?"

„Gott wird einen Weg für uns wissen. Ich nehme für Anne alles auf mich, was kommt. Darf ich Euch bitten, sie mir zu geben?"

„Wenn sie will, ja."

Nein, so hatte Harry sich seine Brautwerbung wirklich nicht vorgestellt. Wie sagte er doch gestern zu John, als der auf solche möglichen Probleme hinwies? Das soll mich nicht beschweren ...

Aber es wird alles vergessen sein, wenn er am Ziel ist.

II

Ohrloff in der Molotschna ist längst nicht mehr das beschauliche Dorf von einst. Um 1800 ist es zusammen mit zunächst siebzehn weiteren Orten als neue, zweite Kolonie der Einwanderer aus Westpreußen entstanden. Stürme sind darüber hinweggegangen, sie haben den Siedlern nie bleibend zu schaden vermocht. Was man jedoch heute aus St. Petersburg erfährt, ist in hohem Maße Besorgnis erregend.

Am 22. Januar 1905 gab es einen Aufstand. Tausende unbewaffneter Arbeiter zogen zum Winterpalais und forderten Reformen. Die viel zu spät eingeleitete Industrialisierung des Landes hat zur Verelendung breiter Schichten der Bevölkerung geführt. Davon ist hier in der Agrarregion zwar kaum etwas wahrzunehmen – im Gegenteil: die Molotschna hat die Blütezeit seit ihrer Erschließung erreicht. Aber die Auswirkung der Unruhen könnte man empfindlich zu spüren bekommen.

Russlands Niederlage im Russisch-Japanischen Krieg, in dem es um den Besitz der Mandschurei und Koreas ging, hat die ganze Schwäche des Regimes offenbar werden lassen. Die russische Armee zu Lande und zugleich die Ostseeflotte wurden von den Japanern vernichtend geschlagen. Eine Katastrophe!

Nun, in St. Petersburg schossen die Truppen des Zaren wahllos auf die Demonstranten und töteten tausend von ihnen. Der Tag ging später als „Blutsonntag“ in die Geschichte ein.

Mittlerweile ist ein Parlament, die Duma, gebildet worden. Jetzt lähmt ein Generalstreik das ganze Land. Parteien ringen um die Vorherrschaft: die Liberalen und die in Bolschewiken und Menschewiken gespaltenen Sozialdemokraten. Wo wird das alles hinführen?

Fast alle Männer von Ohrloff haben sich im großen Gemeindesaal zusammengefunden. Die führenden Leute sind Emanuel Cornies und Georg Wiebe, Nachkommen des berühmten Johann Cornies, der seinerzeit als reichster Mann ganz

Südrusslands galt. Sie sind noch jung, Anfang dreißig, im gleichen Alter sind Simon und Martin, die Söhne Jakob Neufelds, sowie David und Paul Krüger. Von den übrigen Bauern führen noch Hans Höppner, Julius Martens, Johann Bartsch und Wilhelm Penner das Wort. Die anderen halten sich erfahrungsgemäß bei Zusammenkünften zurück.

Georg Wiebe spricht als Erster, sehr ruhig und sachlich. Nur keine Emotionen heute! Sie müssen einen klaren Kopf behalten.

„Ihr wisst alle, dass uns die Ereignisse abermals eine Entscheidung aufdrängen: Bleiben oder gehen? Zum einen wird es mit der Wehrpflicht nach den schlimmen Ereignissen jetzt sehr ernst. Wir dürfen auf keine Nachsicht mehr hoffen, auch nicht durch die unteren Behörden. Zum anderen geht es uns wahrscheinlich bald an den Besitz, womöglich gar ans Leben. Viele aus den anderen Siedlungsgebieten sind schon auf dem Weg nach Westen. Es heißt, Zögern könnte sich bitter rächen. Natürlich wird niemand gedrängt, aber jeder sollte für sich und seine Familie eine verantwortliche Entscheidung treffen.

Ihr habt euch natürlich alle schon Gedanken gemacht. Für die Ortschaft ist es wichtig zu wissen, was ihr vorhabt und was zu tun ist." Prediger Dyck ist auch unter den Männern.

„Ich denke, wir alle haben uns gefragt, was Gott uns tun heißt. Doch gibt es dazu keine einhellige Erkenntnis. Jeder von denen, die bleiben wollen oder gehen, sieht seine Ansicht als Eingebung an. Vielleicht können wir das Für und Wider noch einmal erörtern."

„Es wäre kein leichter Entschluss, unseren Besitz hier zurückzulassen", sagt Julius Martens. „Unsere Väter konnten sich anno '73 auch nicht trennen. Ehe wir anderswo wieder aufgebaut haben, woran hier vier Generationen und wir als die fünfte gearbeitet haben, werden Jahre vergehen. Sollte Gott das wollen? Er hat uns schließlich hierher geführt."

„Kann er uns nicht ein zweites Mal auf den Weg schicken?"

„Problematisch ist der Aufbruch vor allem deshalb, weil uns niemand den Preis bezahlen wird, den unsere Höfe wert sind.

Man weiß es ja von damals, dass die Auswanderer ihren Besitz fast verschleuderten. Dann fehlen zum Neubeginn die Mittel."

„Hat man je gehört, wie sich diese Emigranten wirklich in Amerika eingelebt haben? Von Hermann Borchert, der damals unser Nachbar war, ist nach meinem Wissen nie eine Nachricht gekommen. – Jakob, dein Vater hat doch für dich seinen Hof gekauft! Weißt du etwas?"

„Nicht von ihm. Aber mein Bruder, der damals nicht hier bleiben wollte, hat ein paar Mal alles in den höchsten Tönen gelobt."

„Ja, richtig, Lukas ging mit fort. Und wenn es ihm so gut geht, warum bist du ihm dann nicht gefolgt?"

„Er hat mich nicht nur einmal aufgefordert und zu überreden versucht. Aber Ihr habt es gesagt: sich von dem trennen, was man hinterlassen müsste, ist schwer."

„Niemand weiß auch, ob alles wirklich so lobenswert ist, was da berichtet wird. Das weniger Gute schreibt man sicher nicht gern."

„Mein Bruder war eigentlich niemals einer, der übertrieb."

„Trotzdem ..."

„Aber ich werde jetzt mitgehen, Vater", sagt Simon. „Wir dürfen nicht kurzsichtig sein. Die Habe jetzt zu hinterlassen ist nicht schwerer, als wenn sie uns eines Tages genommen wird und wir dann verarmen, ohne uns wehren zu können."

„Was sind denn das für Hirngespinste, Simon! Niemand kann uns nehmen, was uns gehört!"

„Warte ab! Wie hat es immer geheißen? Niemand, auch nicht der Zar, kann uns die Zusagen nehmen, die wir eidlich und schriftlich haben. Nun sagt man plötzlich, die Voraussetzungen haben sich geändert."

„Du hast Recht. Mit der massiven Russifizierung hatte auch niemand gerechnet", wirft Hans Höppner ein.

Zeitweise reden alle durcheinander.

„Trotzdem brauchen wir noch längst nicht schwarz zu sehen."

„Nur wer ein Pessimist ist, geht."

„Dann bin ich eben einer", sagt Simon Neufeld, „und du, Vater, hoffentlich auch. – Wie steht's mit dir, Martin? Bei dir als Lehrer ist's sicherlich am leichtesten, sich zu trennen."

„Hör' ich recht?" Jakob Neufeld ist puterrot im Gesicht, seine Stimme überschlägt sich fast. „Was wir zu Hause davon schon lang und breit geredet haben, hielt ich für Plänkelei. Nun sagst du hier öffentlich, Simon, du wollest fort?"

„Vater, wir sind heute zusammengekommen, um festzustellen, was auf die Ortsgemeinde zukommt. Das Für und Wider zu gehen oder zu bleiben loten wir nie ganz aus. Mir ist aber klar geworden, es ist das Beste für uns, jetzt zu gehen. Wenn, dann je eher desto besser."

„Du kannst mich mit dem Hof nicht allein lassen."

„Vater, ich bleibe", sagt Martin. „Wenn ich auch kein Bauer bin, so wächst dein Enkel doch heran. Gottfried ist jetzt zehn Jahre ..."

„Du überlegst es dir noch, nicht wahr?"

Simon gibt keine Antwort. Dafür melden sich jetzt Bartsch, Martens und Penner. Ja, sie haben schon länger miteinander diskutiert und waren erst unschlüssig. Aber jetzt gehen sie mit fort. Auch wenn sie Einbuße erleiden. Auch wenn ihnen nachgesagt wird, dass sie vor den Verhältnissen kapitulieren, die noch gar nicht feststehen.

„Ihr stellt die irdischen Werte so sehr in den Vordergrund", wirft Martens ein.

„Was ist denn erstrebenswerter: irdisches, vergängliches Gut oder die Glaubensfreiheit?"

„Das Gut ist eine Segensgabe Gottes, die wir nicht verachten dürfen, nicht wahr, Pastor?"

„Die himmlischen Güter sollten wir schon vor allen anderen erstreben, das ist wahr. Doch – ist uns denn die Glaubensfreiheit, um die es in erster Linie geht, wirklich endgültig beschnitten?"

„Ich meine auch, dass wir ohne dabei zu sündigen mit den Ersatzdiensten leben können. Wir sollen der Obrigkeit untertan sein ..."

„Nach der kriegerischen Niederlage wird diese Obrigkeit umso mehr aus jedem Mann einen tapferen Recken machen wollen, der niedermetzelt, was ihm in die Quere kommt."

„Der Blutsonntag hat unsere Stimmung beeinflusst, das ist's. Vielleicht legt sich das Aufbegehren im Volke bald."

„O nein! Kannst du dich nicht in die Lage von Städtern versetzen, die nicht wissen, wie sie ihre Familie ernähren sollen?"

„Deshalb müssen wir Bauern erst recht bleiben", trumpft Jakob Neufeld auf. „Ja, ich bleibe!"

Und worauf alle gespannt gewartet haben: Emanuel Cornies auch.

Georg Wiebe hat sich bis jetzt zurückgehalten.

„Was wirst du tun?", fragt Hans Höppner.

„Mein Entschluss steht fest. Wenn wir jetzt bekannt machen, welche Höfe zum Verkauf stehen, dann auch meiner."

„Dann gehe ich auch mit, Georg. Ich habe dich immer einmal um Rat gefragt, und deine Entscheidungen auf allen Gebieten waren immer richtig. Ich bin jetzt sicher, dass es richtig ist."

„Und ihr, David und Paul Krüger?", fragt Georg.

„Wir bleiben."

Georg Wiebe erhebt sich noch einmal. „Wir sind keine Politiker. Aber ich habe Freunde, die etwas davon verstehen. Wir reden hier vorwiegend von der Wehrpflicht. Nur einer – warst du es, Simon? – hat vorhin angeschnitten, dass ein Umsturz uns allen Besitz, Leib und Leben kosten könnte. Ihr denkt: davon ist jetzt noch keine Rede. Ihr wollt es nicht hören. Wenn es aber erst einmal so weit ist, kommt niemand mehr fort von hier. Ich wollte euch diese Erwägungen nur noch einmal sehr deutlich machen."

„Hast du Gottvertrauen?", fragt Heinrich Dyck, der Prediger.

„Gerade weil ich mich und die Meinen in Gottes Hand weiß, tue ich diesen Schritt, so schwer er mir fällt. – Aber du, Heinrich, du hast dich auffallend zurückgehalten. Deine Frage an mich hieß offensichtlich, dass dein Bleiben Gottvertrauen demonstrieren soll."

„So will ich das nicht verstanden wissen. Um offen zu sein: Ich würde lieber mitgehen, weil ich ahne, dass auf längere Sicht hier nichts Gutes auf uns zukommt. Aber ein Hirte darf seine Herde nicht verlassen. Ich bin hierher gestellt, habe das als Gottes Auftrag angenommen, und die größere Zahl der Gemeindeglieder bleibt hier. – Ihr werdet drüben Gemeinden mit Pastoren vorfinden, und dazwischen, auf der Überfahrt, bin ich in Gedanken und im Gebet bei euch."

„Wir wollen auch, dass du uns im letzten Gottesdienst segnest, damit wir in Frieden ziehen können", bittet Hans Höppner, und Julius Martens fügt hinzu: „Wir wollen auch heute nicht auseinander gehen ohne Gebet."

*

Das Leben im Dorf hat sein früher so wohltuendes Gleichmaß endgültig verloren. In sechs Häusern wird gepackt. Was sollte man unbedingt mitnehmen, wie viel kann man transportieren? Ist Hausrat nötig, und welcher?

Diesmal treffen sich die sechs Frauen, um zu beraten. Zwischen ihnen und denen, die bleiben, besteht eine Spannung. Wer sollte wen beneiden? Oder bedauern? Jede vertritt ja keinen eigenen Entschluss, sondern fügt sich – in jedem Fall aber willig – dem des Familienoberhauptes.

Simons Frau Rahel ist froh, dass ihr Bruder auch mitgeht – Julius Martens. Seine Frau Rebekka wiederum ist Hans Höppners Schwester. Georg Wiebes Frau Lea ist eine, die die Sache einfach anpackt, sie strahlt Zuversicht aus und reißt die anderen mit. Herta Höppner und Sarah Penner brauchen das, sie neigen eher zu Bedenken. Emmi Bartsch wiederum ergänzt Lea. Ihr fällt viel Praktisches ein, zum Beispiel näht sie breite Gürtel mit Taschen daran, damit man Wichtiges immer bei sich hat.

Alle zusammen haben neunzehn Kinder. Bei denen im Schulalter schwanken die Klassenkameraden auch zwischen

Bewundern und Bedauern. Die Kinder selbst leben in Erwartung – eine Mischung aus Stolz wegen ihrer Sonderstellung und der heimlichen Angst vor dem Schiff und dem Meer.

Rahel Neufeld hat in der Schlafstube Platz geschafft für einige große Reisekörbe aus derbem Flechtwerk mit Henkeln und verschließbarem Deckel. Sie eignen sich am besten für Kleidung und allerlei Gegenstände. Aber je sorgfältiger sie packt, jede Ecke ausfüllt, desto schwerer werden sie. Schon drohen die Henkel abzureißen.

Hierher zieht sie sich zurück, wenn die Spannung mit den Eltern unerträglich wird. Die Kinder spüren die Schroffheit des Großvaters und kommen gern mit in dieses Zimmer, in das er ihnen nicht folgt. Der vierjährige Benjamin versteht noch nicht recht, worum es geht. Dietrich aber ist zehn Jahre alt und sehr gescheit. Er will vieles wissen. Heute fragt er zum Beispiel: „Mutter, wenn die Großeltern hier bleiben, haben wir keinen Hof zu verkaufen. Eigentlich gut, dass wir nicht alles ausräumen müssen. Aber die anderen können vom Erlös in Amerika einen neuen kaufen ..."

„Vater wird das alles regeln. Du brauchst dir darum keine Gedanken zu machen. Sag' mir lieber, ob du etwas Bestimmtes mitnehmen möchtest ..."

„Ja, Bücher. Du hast gerade die Postille wieder ausgepackt?"

„Sie nimmt zu viel Platz weg, ist zu schwer."

„Aber dort werden wir keine deutschen Bücher kaufen können!" – Ach, es ist schon ein Kreuz, um die halbe Welt ins Ungewisse zu reisen. Noch ist zwar Zeit, die Männer müssen schließlich erst die Ausreisevisa besorgen. Und dann der Verkauf ...

„Heute waren die Ersten bei uns, um das Gehöft anzusehen", kommt Herta Höppner zu Lea. „Es waren Russen, Hans hat sie abgewiesen. Er sagt, dass die Hierbleibenden sie nicht ins Dorf haben wollen. Nicht, weil sie sie nicht mögen ..."

„Sondern?"

„Du weißt, wir alle haben den Russen in der Nachbarschaft vielfach Unterstützung angeboten und geholfen. Wie sieht es trotzdem bei ihnen aus! Früher haben unsere Vorfahren deren Söhne ausgebildet, um sie eine rechte Landwirtschaft zu lehren. Ihre Eltern haben sie davongejagt, als sie andere Methoden einführen wollten. Da mussten unsere Leute den jungen Russen eigene Dörfer gründen. Nein, nein, es ist besser, sie bleiben unter sich. Außerdem sagten sie gleich, dass sie kein Geld haben ..."

„Ich weiß schon von ein paar Vätern aus unseren deutschen Nachbarorten, die für ihre Kinder das Land erwerben wollen, damit sie nicht in eine der entfernten Tochtersiedlungen ziehen müssen."

„Aber auch da werden wir den Preis wohl unter Wert halten müssen. Barzahlung ist wichtig. Denn wenn ein Betrag offen bleibt, kommen wir später schwerlich noch daran."

*

Während der angespannten Vorbereitungen klopft eines Morgens ein berittener Beamter von der Charkower Behörde bei Jakob Neufeld an.

„Ich komme in heikler Angelegenheit. Wir erhielten Meldung, an der Grenze sei ein junger Mann festgenommen worden. Er kommt angeblich aus Amerika und behauptet, er sei verwandt mit euch, wolle euch besuchen. Sein Schwiegervater habe in einem Brief diesen Besuch angekündigt. Wir sollen nachforschen: Ist es so?"

„Ich habe vor zwei Jahren den letzten Brief aus Amerika erhalten. – Wie heißt denn der Mann?"

„Harry Sailer."

„Den Namen habe ich nie gehört."

„Er hatte einen Brief bei sich, eine Aufforderung und Bitte an euch, zu Eurem Bruder zu kommen. Kann das sein?"

„Wenn ich die Schrift sehen könnte?"

„Der Brief, der uns aus Kaunas zugesandt wurde, liegt bei den Akten in Charkow. Falls Ihr mitkommen wollt?"

„Nein, nein, nicht nötig. Wenn es wirklich so eine Bitte wäre, würde ich sie doch nicht erfüllen können."

„Das ist vernünftig. – Nun, es ist wahrscheinlich so, wie wir von Anfang an dachten: ein geschickter Agent, dieser Bursche."

„Was werdet Ihr mit ihm machen?"

„Auf alle Fälle wird er hier nicht tätig werden. Die Grenzbehörden werden erkunden, was er will und weiß. Dann wird er wohl abgeschoben." – Als der Beamte wieder abreiten will, kommt Simon hinzu. Er hat das Gespräch von fern mitbekommen, den fremden Namen auch.

„Betrifft mich, was Ihr wollt? Ich bin der Sohn."

Jakob wird unwillig. „Es war für mich."

„Es ging um Amerika", sagt der Reiter.

„Dann also doch."

„Lasst es Euch von Eurem Vater erzählen", sagt er und reitet ab.

„Vater ..."

„Das war nichts, was dich etwas anginge."

*

Als der August herankommt, das Getreide zum Teil abgeerntet oder noch auf dem Halm verkauft ist, sind die Emigranten bereit zur Abreise. Sie werden mit Wagen nach Charkow fahren, von dort mit dem Zug bis Kaunas, weiter über Berlin nach Bremerhaven.

Am 1. September geht ihr Schiff. Sie wollen den Herbststürmen möglichst entgehen. Fünfundzwanzig Tage dauert die Überfahrt bis New York, und dann geht es wieder mit der Bahn weiter. Wohin genau, kann man im Ankunftshafen festlegen.

Georg Wiebe hat die Organisation bis dahin in die Hand genommen. Am letzten Tag vor der Abreise fährt er mit Lea und mit Emanuel Cornies noch einmal hinaus nach Juschanlee, das Zar Nikolai I. 1837 dem Ururgroßvater der beiden Männer schenkte. Ein Stück Paradies in der einstigen öden Steppe.

„Ich habe letzten Winter gerade wieder einmal gelesen, was Johann damals aufgeschrieben hat. Dies Land hier, alles was ringsum gedeiht, die ganze wirtschaftliche Entwicklung ist Teil unserer Familie. Was er und sein Freund Thomas Neufeld als Lehrer damals auf so vielen Gebieten geleistet haben, will ich hochhalten helfen, allen Widerwärtigkeiten zum Trotz. Georg, ich wünsche dir und Lea alles Glück der Welt für den Neuanfang in Amerika. Du wirst dort auch wieder vorwärtskommen, da bin ich gewiss. Aber versteh' bitte, dass ich hier nicht fort kann. Ich bin wie ein Baum, der seine Wurzeln unendlich tief in diese Erde gesenkt hat. Ich habe die Ahnung, dass du der Klügere bist, wenn du jetzt fortgehst. Wer weiß, was auf uns zukommt? Sei froh, dass du dich zu lösen vermagst."

„Emanuel, wir bleiben dir und ganz Ohrloff mit allem was dazugehört immer von Herzen nahe. Aber die Stimme, zu gehen, war stärker als die Wurzeln, von denen du sprichst."

Es ist ein herrlicher Sommertag voll Sonne. Die Blätter der Eichen, Buchen und Akazien spielen im fächelnden Wind. Rein ist die Luft, frisch das Wasser des Flüsschens. Kindheitserinnerungen tauchen auf. Dieses Stück Russland ist Heimat für sie alle drei, auch Lea wuchs in Ohrloff auf. Erlebnisse aus der Jugendzeit werden wach. Immer wieder kamen namhafte Leute her, um die mustergültigen deutschen Siedlungen kennen zu lernen ...

Jeder hängt seinen Gedanken nach. Schweigend sitzen sie im Wagen, als die Pferde wieder anziehen. Sie versuchen die Tränen voreinander zu verbergen. Georg schaut am längsten zurück.

III

So, die erste Etappe wäre geschafft! Wir sind in Kaunas. – Ich habe mich kundig gemacht, unser Zug nach Berlin ist der auf dem Gleis nebenan. Er fährt in zwei Stunden ab. Wir haben also genug Zeit, in Ruhe mit unserem vielen Gepäck umzusteigen. Ihr Kinder bleibt dicht bei euren Eltern! Keiner von uns wird den Bahnhof verlassen. Die Zollstation ist ringsum abgeriegelt, denn das Vorzeigen unserer Papiere hier im Zug galt bereits als Grenzkontrolle ..."

Die Ohrloffer sind froh, dass Georg Wiebe sich für sie um alle Informationen kümmert. Nicht bei jeder Gruppe ist das so, und es sind unerwartet viele, die in Charkow diesen Zug bestiegen haben.

Während dann auf dem Bahnsteig alles durcheinander quirlt, Kästen, Säcke und Reisekörbe transportiert und wieder verstaut werden, spricht ein junger Mann, der scheu um sich blickt, Dietrich Neufeld an. Der Zehnjährige macht einen pfiffigen Eindruck, vielleicht hat er sich deshalb gerade an ihn gewandt.

„Ich hörte, hier sind Leute aus Ohrloff in der Molotschna dabei?"

„Stimmt. Ich bin auch von dort."

„Ist Jakob Neufeld unter euch?"

„Nein, Großvater wollte nicht mit. Aber mein Vater ist da, er heißt Simon."

„Sag' ihm bitte, sobald ihr fertig seid mit dem Umladen, er möchte mal ans Zugende kommen. Ich warte dort. Sag', es sei sehr wichtig."

Dietrich sieht ihn an.

„Bitte!", wiederholt der Mann.

Der Junge will noch etwas fragen, doch dann sagt er nur: „Ich richt' es aus."

Simon kann sich nicht erklären, was hier ein Fremder von ihm will. „Seid Ihr sicher, dass Ihr mich sprechen wollt?"

„Wenn du Jakob Neufeld kennst, ja. Nur kurz: Ich bin der Schwiegersohn von Lukas Neufeld in Kansas. Ich werde hier festgehalten. Mit dem Zug fortzukommen, ist meine einzige Chance. Hilf mir! Sie dürfen mich nicht sehen ...“

„Wie heißt du?“

„Harry Sailer.“

Simon horcht auf. Der Name, den der Beamte nannte!

Eigentlich wäre er bei einem solchen Anliegen eher misstrauisch gewesen, doch jetzt reagiert er sehr schnell.

„Komm mit. Ich schau nach, ob die Luft rein ist, dann baue ich dich ein in unser Gepäck.“ –

Der Junge spürt, dass der Vater erregt ist. „Was wollte er?“, fragt er.

„Später, Dietrich, später ...“

Noch eine unendlich lange halbe Stunde, bis die Abfahrtzeit da ist. Die Posten durchkämmen den Zug, schauen jeden Passagier genau an. In bellendem Ton geben sie draußen weiter: „Nichts, hier auch nicht ...“

Dietrich sieht den Vater fragend an. Der weicht seinem Blick aus. Endlich rollt der Zug an.

Erst nachdem in Marienburg das Zugpersonal wechselt, setzt sich der Mann, den nur Simon und Dietrich kennen, zu ihnen.

Aber er spricht nicht, hält die meiste Zeit die Augen geschlossen.

Dann unerwartet noch einmal Fahrkartenkontrolle. Herrgott, hilf! Simon flüstert dem Jungen etwas zu, und der schlendert in den Nachbarwaggon.

Rahel ist klug genug, nicht zu fragen, auch nicht, als Simon dem Fremden den ebenfalls schlafenden kleinen Benjamin auf den Schoß setzt.

Sie sind – laut Fahrkarte – eine vierköpfige Familie ... Erst als sie in Berlin nochmals umgestiegen sind – diesmal in den Zug nach Hamburg, und als Harry jetzt eine eigene Fahrkarte besitzt, löst sich die Spannung. Nun kann ohne Furcht erzählt werden, nicht ohne zuerst Gott zu danken.

„Wie wunderbar sind seine Wege“, sagt Simon. „Außer Gott danke ich euch! Natürlich fragt ihr, wie ich hierher komme. Ich werde Lukas’ jüngere Tochter Anne heiraten. Er hat mir anvertraut, wie sehr er sich wünscht, seinen Bruder auch in Kansas zu haben. Da ich Journalist bin, habe ich meine Redaktion gefragt, wie sie zu einem Report aus der alten Heimat der vielen Deutschen unter unseren Lesern steht. Ich konnte dem Chef schmackhaft machen, mir diese Reise zu bewilligen. Für mich gab es keinen Zweifel, Jakob und seine Familie zur Auswanderung zu überreden. Ich meine, wenn einer persönlich berichtet bekommt, was ihn erwartet, bewirkt das mehr als Briefe.

Es ging auch alles gut, bis man mir an der Grenze nicht abnahm, dass ich einen Verwandtenbesuch machen will. Ich wurde festgehalten, sie wollten nachforschen. Hatte als Beweis noch einen Brief von Lukas bei mir, den sollte Jakob lesen. Er hat es aber nicht getan, sagte man mir, sondern erklärt, er wisse nichts von Verwandtschaft. Also war ich ein Spitzel und wanderte in eine der Zellen, die es wohl bei jedem Grenzposten gibt. Niemand sagte mir, für wie lange und was noch folgen würde. Die Verständigung war schwer. Ich habe zwar ein bisschen Russisch gelernt, es reicht aber nur, um gerade durchzukommen. Bei euch würde ich ja deutsch reden können, hatte mir Lukas gesagt.

Nun wusste ich hier nicht, an wen ich mich wenden sollte, um frei zu kommen. Irgendwie verstand ich: ‚... nach der Verhandlung‘. Das konnte sehr lange dauern. Was sollte ich tun? Eines Nachts wurde mein Gepäck gestohlen. Glücklicherweise hatte ich meine Papiere und etwas Geld in der Innentasche der Jacke. Es waren genug Rubel, damit dann aus Versehen die Tür offen blieb. Wie inbrünstig ich in dieser Zeit gebetet habe, könnt ihr euch vorstellen. Der Herr hat mein Schreien erhört. Er hat mir dann auch den Richtigen geschickt, mit dem ich zuerst sprechen konnte – dich, Dietrich. Ich wusste es einfach: das ist mein Bote ...“

Dietrich ist stolz. Er hatte sich gewünscht, auf der Reise Abenteuer zu erleben. Einen Menschen zu schmuggeln, hatte er sich nicht erträumt.

„Du hast jetzt einen Freund, der alles für dich tun wird. Und für euch, Simon und Rahel, habe ich eine gute Nachricht. Eigentlich wollte Lukas seinen Bruder damit überraschen, aber bis zu ihm bin ich nun gar nicht vorgedrungen. Vielleicht wäre er doch mitgekommen – ?"

„Solche Gedanken machst du dir vergeblich. Er hätte auch dann nicht zugestimmt ..." Und Simon erzählt, wie schwer die letzte Zeit mit Vater Jakob war.

„Das musst du Lukas dann selbst berichten. – Ich wollte euch heute schon sagen, welche Überraschung euch erwartet. Ihr sollt euch einfach jetzt schon freuen und sorglos sein können: Lukas hat ein Stück seines großen Landbesitzes für euch vorgesehen und schon ein Haus darauf gebaut ..."

Rahel ist den Tränen nahe. „Wir hatten Sorge, denn alle anderen haben den Erlös für ihren Hof im Gepäck. Uns hat der Vater nur mit einem Almosen abgefunden. Seinen Hof, in den wir alle Kraft eingebracht haben, sollten wir einmal übernehmen. Er stand aber noch auf seinen Namen. Und nun – ? Nie hätten wir erwarten können, wie gut Gott für uns sorgt."

„Nur ich habe für meine Redaktion keinen Report, wie es in der Molotschna aussieht ..."

„Meinst du nicht, dass ein genauer Bericht über die sicher nicht alltäglichen Erlebnisse auf deiner Reise auch Anklang findet?"

„Wahrscheinlich doch. Und was es von der Molotschna zu erzählen gibt ..."

„... erfährst du ausführlich von uns. Verlass dich drauf!" –

Harry hat noch ein Anliegen: in Bremen wohnen seine alten Großeltern. Er kann nicht hier gewesen sein, ohne sie zu besuchen. „Werdet ihr mich begleiten?"

„O ja!", antwortet Dietrich gleich für alle.

„Erreichen wir trotzdem unser Schiff?"

„Da bleibt noch genügend Zeit. Ich hoffe ja, dass ich auch noch ein Ticket dafür bekomme."

*

Am 25. September 1905 läuft die „Werra“ in den New Yorker Hafen ein. Sie ist nicht der größte Ozeandampfer und auch nicht der komfortabelste. Eben für Auswanderer, die sich keine teure Schiffspassage leisten wollen – und meist auch nicht leisten können.

Fast vier Wochen schaukelten sie auf den Wellen, seit sie in Bremerhaven in See stachen. Viele waren seekrank, auch die Ohrloffer blieben nicht verschont. Der beginnende Herbst brachte schon Stürme mit sich, aber es hätte schlimmer sein können, sagten die Matrosen. Viel später hätten sie jedenfalls nicht aufbrechen dürfen. Nun, letzten Endes ging alles gut. Sie erreichten wohlbehalten die Neue Welt. –

Georg Wiebe hat sich umsichtig auch wegen Landkaufes rechtzeitig informiert. Es sind die Eisenbahngesellschaften, die im mittleren Westen das günstigste Land anbieten. Sie haben es vom Staat übereignet bekommen, um den Bau der Bahn damit zu finanzieren. Es ist zwar schon viel verkauft, aber immer noch genügend vorhanden. Gleich in der Nähe des Hafens ist ein Büro eingerichtet, wo die Neuankömmlinge Angebote erhalten.

Harry begleitet sie und hilft mit der englischen Sprache aus. Seine Verwandten, wie er sie schon gern nennt, brauchen sich ja ohnehin nicht zu bemühen. Den anderen rät er: „... Ihr solltet den Kauf nicht überstürzen. Mein Vorschlag: Seht euch erst in Kansas um, und geht dann ins Verkaufsbüro in Great Bend ...“

Da sie erst in zwei Tagen reisen können, sehen sie sich ein wenig in New York um. Sie gehen in die City, zum East River, schlendern durch den Central Park. Und sie lernen das Hafenleben kennen. Riesige Dampfer gibt es zu bewundern, viel größere als die „Werra“. Den Jungen und Mädchen machen die Hunderte kleiner Dampfschiffe am meisten Spaß. Die liegen am Pier wie Ferkelchen an einer Muttersau.

Die Kinder erholen sich rasch von den Strapazen der Überfahrt. Dietrich Neufeld gesteht, dass er unterwegs, als ihm übel war, einmal gedacht hat: Gut, dass unsere Mitschüler nicht wissen, wie es uns geht. Keiner würde uns mehr beneiden. Aber heute möchte er ihnen erzählen können, wie alles im Hafen lebt und wimmelt.

„Die würden Augen machen!“, sagt er.

„Klar, die Freiheitsstatue dort drüben möchte ich ihnen auch zeigen können, wenigstens als Bild“, sagt Matthias Wiebe. „Dann male eins, und wir schicken es einmal nach Ohrloff“, schlägt seine Schwester vor. „Ich habe sowieso versprochen, dass wir einen langen Brief schreiben und von allem berichten.“

Im Zug setzen sich die elf größeren Kinder zusammen und fangen an Pläne zu schmieden. Zu Hause lag alles buchstäblich noch in weiter Ferne, jetzt liegt das neue Leben vor ihnen. Mit Harry proben sie Englisch, das er ihnen auf dem Schiff schon ein wenig beibrachte.

Sie werden die Ersten in ihren Familien sein, die Kansas als ihre neue Heimat annehmen. Mit einem Fest wird ihre Ansiedlung starten: Sie sind alle zur Hochzeit von Anne und Harry eingeladen.

IV

Ende Juli 1914. Paul Jansen, der Ortsvorsteher von Ohrloff, kommt zu Emanuel Cornies. Der sieht sogleich an Pauls ernstem Gesicht, dass er Schwerwiegendes mitzuteilen hat.

„Komm herein, ich bin gerade fertig im Stall. Setz' dich! Was gibt es?"

„Ich will es dir als Erstem sagen, was ich heute erfahren habe: Alle russischen Reservisten bis zu vierzig Jahren werden einberufen. Morgen wird es wie ein Lauffeuer durch die Molotschna gehen."

„Die russischen Reservisten, sagst du. Und was wird mit uns? Selbst wenn wir nur Dienste ohne Waffen tun, sind wir doch trotzdem Soldaten, die jedem Befehl folgen müssen ..."

„Darüber wollte ich mit dir reden. Wir könnten zwei, drei Bevollmächtigte nach Petersburg schicken, die sich Gewissheit holen, was wir zu erwarten haben. Mein Vorschlag wäre, darum zu ersuchen, ob der Sanitätsdienst separat neben dem Militärwesen bestehen könnte. Damit entgingen wir endgültig einem schlechten Gewissen, und sowohl Gebietsverwaltung als auch Regierung würden sich Turbulenzen ersparen. Was nützt es ihnen, Verweigerer einzusperren oder gar zu erschießen. Sie wissen genau, dass unsere Leute zuverlässig sind und sich schonungslos einsetzen werden."

„Ja, wir fahren nach Petersburg, und ich bin zuversichtlich, dass wir Erfolg haben werden." –

Der schwarze Tag, an dem der Krieg ausbricht, ist der 1. September. Ein Krieg nicht nur zwischen zwei Ländern, nein ein Weltbrand.

Die jungen Mennoniten, die vordem zum Ersatzdienst im Forst herangezogen wurden, stellen sich freiwillig als Sanitäter. Es wurde nach der Vorsprache der Delegierten tatsächlich eine Verfügung erlassen, dass der gesamte Sanitätsdienst als gesonderte Einheit behandelt wird, die nicht dem Militär untersteht. Sie brauchen deshalb auch keine Uniform zu tragen. Also können sie ohne Bedenken dienen.

Die etwa dreihundert Dörfer mit hundertzwanzigtausend Deutschstämmigen bringen über dreizehntausend junge Leute auf. Auch die Prediger sind dabei, für sie gibt es keine Ausnahme. Heinrich Dyck geht mit, obwohl er bereits fast vierzig ist. Der alte Prediger Franz aus Halbstadt wird inzwischen mit für die Ohrloffer Gemeinde sorgen.

Heinrich ist einem der fünfzig Lazarettzüge zugeteilt. Jeder besteht aus vierzig Waggons mit je zwanzig Betten. Von der kaukasischen Front gegen die Türkei bringen sie Verwundete ins Landesinnere. An der westlichen Feuerlinie setzt man zunächst lieber Russen ein. Die Gefahr, dass hiesige Deutsche beim Bergen Verwundeter mit deutschen Soldaten zusammenkommen könnten, ist den Befehlshabern zu groß. Die russischen Bürger anderer Volkszugehörigkeit werden immer argwöhnisch beobachtet.

Im gleichen Lazarettzug wie Heinrich Dyck arbeitet Wilhelm Cornies, Emanuels Sohn. Er ist zwanzig und hat bisher noch niemand sterben sehen. Heute aber ...

„Heinrich, hier liegt einer, der ist so alt wie ich. Igor heißt er ..."

„Der den rechten Arm verloren hat?"

„Ja. Er muss furchtbare Schmerzen haben, und er hat so viel Blut verloren. Schau her, ich denke, er schafft es nicht."

„Du hast sicherlich Recht", erwidert Heinrich. Weil Igor bestimmt nicht Deutsch versteht, brauchen sie nicht einmal leise zu sprechen.

„Heinrich, redest du mit ihm – ?", bittet Wilhelm.

Im selben Augenblick wird der Prediger gerufen: „Schnell, komm hierher! Wir brauchen dich!"

Vermutlich die gleiche Situation. Heinrich versorgt zwar ebenso Wunden, legt Verbände an wie alle anderen, aber er wird ganz selbstverständlich als zuständig betrachtet, wenn einer der Verwundeten einen Seelenarzt braucht. Oftmals ist kaum Zeit dafür, aber die Truppe versucht, ihn dafür frei zu machen.

Sonntags hält er einen Gottesdienst auf Deutsch, meist auf dem Gang. Das Personal braucht Zurüstung für den aufreibenden Dienst, der nicht nur an den körperlichen Kräften zehrt. In jedem Waggon hält er auch eine Andacht auf Russisch. Er beherrscht die Sprache viel besser als Wilhelm.

Ja, und jetzt ist er im entscheidenden Moment nicht da! Er kann sich nicht teilen, nein. Aber da steht Wilhelm neben Igors Pritsche – hilflos erst, denn wie fängt er an? Der junge Russe stöhnt und wimmert, er schaut Wilhelm voller Todesangst mit weit aufgerissenen Augen an.

„Willst du mir noch etwas sagen?", fragt Wilhelm unbeholfen. Das Russische wird ja im Alltag wenig praktiziert.

„Ich will noch nicht sterben", flüstert er.

„Glaubst du an Gott den Herrn?"

„Ja, ich glaube. Er kann doch mein Leben retten."

„Gewiss, er kann es. Aber du weißt, selbst wenn wir dieses Leben einmal hinter uns lassen, wartet ein neues, ewiges auf uns."

„Schreib' meiner Braut, dass ich selbst nie mehr schreiben kann. Mein Arm – Ich kann auch nie mehr Geige spielen ..." Er weint wie ein Kind.

„Wo hast du die Adresse?"

„Brusttasche ...", röchelt er. Dann bäumt er sich auf, kämpft einen verzweifelten Kampf. Nicht sehr lange, weil er zu schwach ist.

Wilhelm nimmt seine linke Hand. Als Igor sie ihm entwindet, versucht er ihm beruhigend über den Kopf zu streichen. Er soll spüren, dass er nicht allein ist. Schließlich ein heiserer Schrei, dann fällt er zurück. Als Heinrich bald darauf wiederkommt, sieht er, wie Wilhelm ihm die Augen zudrückt.

„Ich dachte, ich kann es nicht", sagt er.

„Nun hast du erlebt, dass man kann, was man tun muss." –

Auf dem Neufeld-Hof in Ohrloff geht es laut zu. Jakob ist seit Simons Weggang ein verbitterter Mann. Magdalene, seine Frau wurde in den letzten neun Jahren immer stiller. Es ist ein schlimmes Leben neben diesem barschen Hausherrn. Siebzig Jahre alt ist er und wettert jeden Tag, dass er den Hof nicht mehr lange bewirtschaften kann.

Heute hat er Martin, seinen Sohn, den Lehrer herbestellt. Er solle Gottfried mitbringen. Es war ein Befehl. Aber Martin kommt allein.

„Ich brauche den Jungen auf dem Hof“, bellt der Vater ihn an.

„Gottfried hat Prüfungen, sie sind wegen des Krieges vorgezogen worden.“

„Wozu braucht er Prüfungen? Du weißt, dass er niemals Lehrer werden kann. Der Hof braucht einen Bauern.“

„Du hast genügend Leute, die für dich arbeiten, Vater.“

„Aber einer soll das Gut schließlich übernehmen. Da muss er wohl oder übel etwas von der Landwirtschaft verstehen und Erfahrung haben. Hast du bei Simons Weggang nicht selbst gesagt, Gottfried wachse ja heran?“

„Ja, das war damals auch mein Gedanke, aber ich kann ihn nicht zwingen. Er ist mit ganzer Seele Lehrer, genau wie es schon dein Großvater und der Urgroßvater waren.“

„Die Notwendigkeit ist ausschlaggebend, nicht die Neigung.“

„Schlag' es dir aus dem Kopf, er wird kein Bauer. Du solltest jetzt schon versuchen, den Hof zu verkaufen.“

„Dann hätte ich es auch vor neun Jahren tun können. Nein, und nochmals nein! – Warum hat Simon mir das angetan!“

„Vater, warum hast du dir angetan, hier zu bleiben? Und ich frage mich heute: Warum habe ich mich verpflichtet gefühlt um deinetwillen? Simon hat drüben sein Glück gemacht.“

„Du kannst mir viel erzählen!“

„Du hättest seine Briefe nicht ungelesen zerreißen sollen, dann wüsstest du von seiner Hand Bescheid.“

„Papier ist geduldig. – Und was Gottfried betrifft: Er mag nach seinen Prüfungen dann herkommen und hier wohnen.“

„Du weißt genau, dass alle jungen Leute Sanitätsdienst zu leisten haben. Auch er.“

„Die Soldaten wollen auch essen. Dazu braucht es Felderträge und Vieh. Er muss eine Freistellung bekommen."

„Er wird sie aber nicht beantragen, abgesehen davon, dass er sie ohnehin nicht bekäme."

„Dann rennt er in den Tod."

*

Am 2. Februar 1915 haben sich anscheinend alle Sorgen um den Besitz erledigt – aber auf ungeahnte Weise! Einer rennt zum anderen mit der Zeitung in der Hand. Auch Emanuels Nachbar kommt in heller Aufregung herüber.

„Hast du es schon gelesen? Das kann doch nicht sein! Die Regierung hat sich von dem neidvollen Hass gegen uns anstacheln lassen. Es ist uns verboten, mit mehr als zwei fremden Personen in unseren Wohnungen zusammenzukommen. Die deutsche Sprache wird in Kirche und Presse verboten ..."

„Am schlimmsten ist aber das Land-Enteignungsgesetz. Hier steht es: Alle russischen Staatsbürger deutscher Volkszugehörigkeit, die Grundstücke besitzen, haben diese innerhalb von acht Monaten zu veräußern."

„Wer soll sie jetzt im Krieg kaufen? Und wenn, dann für ein Butterbrot. Niemals für ihren tatsächlichen Wert!"

„Unser Zar, den wir verehrt haben ... Jetzt zeigt er sein wahres Gesicht!"

„Sicherlich hat er nur unter Druck unterschrieben."

„Aber er hat es getan. Ein schwacher Charakter, du hast es mir nicht glauben wollen. Hier steht auch, dass die Listen fertig sind und demnächst veröffentlicht werden. Jeder Bauernhof, jedes Haus und Häuschen ist eingetragen."

Ohnmächtige Starre erfasst die Betroffenen. Sie reden sich ihre Sorgen und Angst von der Seele, die aber dadurch nicht geringer werden.

„Diesmal richten wir mit einem Gang nach Petersburg nichts aus, das ist wohl klar."

„Wir können nur beten. Der Herr hilft den Seinen in Not.

Sieh hier, in den Sprüchen Salomos steht: Gott beschirmt die Frommen; er behütet, die recht tun. Der Herr gibt Weisheit, und aus seinem Munde kommt Erkenntnis und Verstand."

„Mögen uns beide in den nächsten acht Monaten aufgehen!"

Es ist schwer zu verstehen: Die Russlanddeutschen haben sich ihrem neuen Vaterland gegenüber stets loyal und treu verhalten. Die evangelischen und katholischen Deutschstämmigen kämpfen in der russischen Truppe, die Mennoniten tun aufopferungsvoll ihren Dienst als Sanitäter. Trotzdem wird die ganze Volksgruppe plötzlich wütend angefeindet.

Ministerpräsident Goremykin äußert, man führe nicht nur einen Krieg gegen das Deutsche Reich, sondern gegen das ganze Deutschtum. „Liquidierung der deutschen Vorherrschaft" nennt er das. Die ehemals ins Land eingeladen und für ihre Leistungen geachtet wurden, werden jetzt geächtet.

Dem Zaren geht es bei den Maßnahmen zur Enteignung und Beschneidung der Rechte darum, entlang der Westgrenze einen Sicherheitsraum „frei von feindstaatlichen Volkszugehörigen" zu schaffen. Wen wundert, dass die Liebe zum „neuen Vaterland" bei den Kolonisten erkaltet?

*

Die Zeit verrinnt. Ein Jahr geht ins Land und noch eins. Kein Ende der Kämpfe ist abzusehen. Im Oktober 1916 kommt Wilhelm Cornies für zwei Wochen auf Urlaub. Er hat viel zu erzählen.

„Ein ganzer Zug – nur mit Deutsch sprechendem Personal – ist von den deutschen Truppen gefangen genommen worden. Als dem russischen Kommandanten davon berichtet wurde, unterstellte er, die Leute hätten es auf Gefangenschaft angelegt. Daraufhin wurden dort nur noch russische Sanitätssoldaten ausgeschickt, um die Verwundeten einzusammeln.

Der Zug, in dem Heinrich Dyck und ich arbeiten, musste aber schließlich doch eine wahre Mission erfüllen. Am Tage hatte die Schlacht getobt, die Russen waren zurückgedrängt worden. Eine Bahnstation voller Verwundeter war zwischen den beiden Heeren in der Feuerlinie geblieben. Hier lehnten die russischen Sanitäter rundweg ab, in der folgenden Nacht die Verwundeten herauszuholen. Lieber wollten sie eine Strafe wegen Befehlsverweigerung in Kauf nehmen, als in den sicheren Tod gehen, wie sie sagten.

Da wurden wir Mennoniten aufgefordert, die Aufgabe zu übernehmen. Wir sagten zu – nicht gezwungenermaßen, sondern freiwillig. Alle Lichter wurden gelöscht. Langsam, fast lautlos schob sich der Zug rückwärts, bis an die feindliche Linie heran. Man hörte dagegen schon bald das laute Jammern der Verwundeten. Wir stiegen aus", berichtet Wilhelm weiter, „und holten die Unglücklichen auf Tragbahren heran. Da zischte plötzlich eine Kugel an uns vorbei und schlug in eine Waggonwand ein. Der kommandierende russische Offizier stand draußen vor der Tür. Er kreischte: Eine Kugel, bei Gott, eine Kugel!

Mit zwei Schritten floh er in den schützenden Waggon und blieb von da an unsichtbar. Wir schafften weiter, bis auch der letzte Mann geborgen war. Dann fuhr der Zug wieder davon, und manche Kugel flog uns nach. Einige schlugen auch ein, doch ohne größeren Schaden zu verursachen. – Aber ich bin noch nicht fertig mit Berichten.

Eines Tages, als wir in der Nähe von Petersburg Verwundete ausluden, bekamen wir Besuch von der Zarenfamilie. Wir erhielten jeder eine kleine Medaille – ich zeige sie euch noch – unser Offizier aber eine ganz große. Er ließ sich für seine Tapferkeit mit geschwellter Brust belobigen.

Eins muss ich noch sagen: Niemand hat bisher unsere Ablehnung der Waffengewalt als Schwäche oder Feigheit ausgelegt ..."

Das neue, große Krankenhaus, das die Ohrloffer erst 1910 erbaut haben, wird natürlich auch als Lazarett genutzt. Dort wird heute der junge Daniel Krüger eingeliefert, bei dem sich verdächtige Krankheitssymptome bemerkbar machen. Er hat

Kurzurlaub, ist aber gar nicht nach Hause, sondern gleich zum Arzt gegangen. Und der stellt fest: Es ist die Cholera, wie er selbst befürchtete.

Inzwischen sind an den Fronten viele Sanitäter den grassierenden Seuchen erlegen, Typhus vor allem. Sie steckten sich bei der Pflege der Soldaten an. Auch die Zivilbevölkerung ist in verschiedenen Landstrichen betroffen. – Daniel kommt durch, Gott sei Dank! Es ist ein Freudentag im ganzen Ort, als er entlassen wird. Aber mancher ahnt, dass das Thema Seuchen damit längst nicht abgehakt ist.

*

Februar 1917. Die Lage an den Fronten hat sich von Tag zu Tag dramatisch zugespitzt. Dadurch schiebt sich aber auch die Durchführung der Enteignungspläne hinaus. –

Das morsche russische Regierungssystem bricht zusammen. Zar Nikolai ist nur noch eine Marionette. Es verwundert deshalb nicht, dass Meldungen sich verdichten, ein Umsturz stehe bevor. Die liberale Intelligenz will eine demokratische Republik nach westlichem Vorbild errichten.

Zwar verläuft diese Revolution unblutig, aber der Zar muss abdanken und wird gefangen genommen. Damit endet die dreihundertjährige Herrschaft der Romanows, und kaum jemand bedauert deren Schicksal.

„Ist es das Ende des Krieges?“, fragen sich die Soldaten und die Bevölkerung. Der Sozialist Alexander Kerenski kommt an die Regierung, er hält es weiter mit den Verbündeten. Das Elend dauert an. Die Menschen hungern. –

„Die neuen Machthaber sind unsere Chance“, frohlocken die Molotschna-Einwohner, „der Herr hat unser Gebet erhört.“

Die Abordnung wird auch von Kerenski empfangen. Und worauf viele schon nicht mehr zu hoffen gewagt hatten, geschieht: Die einschränkenden Gesetze gegen die Mennoniten werden aufgehoben. Kerenski stoppt sofort die Enteignungskampagne. Deutsch wird in den Koloniegebieten wieder als

Amtssprache zugelassen, die Deutschen werden den anderen Volksgruppen Russlands gleichgestellt.

Als die Delegierten heimkehren, werden sie von den Mitbürgern bestürmt. Alle atmen auf, als sie das Ergebnis erfahren.

„Ihr sollt auch wissen, dass wir Mennoniten in der neuen Nationalversammlung vertreten sein werden, um unsere Rechte wahrzunehmen."

„Unmöglich! Keine weltlichen Ämter, wenn Gott uns gnädig bleiben soll!"

„Gemach, gemach. Es wurde beschlossen, einen mennonitischen Kongress zu wählen, der die nichtreligiösen Angelegenheiten der Gemeinden regelt und als Institution wirkt. Der Einzelne wird also kein direktes Amt haben. In Ordnung?"

Etwas spitzfindig schon. Aber es geht um's Überleben.

Wenig später folgt ein neuer Rückschlag. Die Differenzen zwischen dem Petersburger Arbeiter-Sowjet und den Soldatenabgeordneten eskalieren. Im Oktober stürzen die Bolschewiken Kerenski und seine Leute. Unter Lenins Führung besetzen sie das Winterpalais. Mit dem „Rat der Volkskommissare" wird eine neue Regierung eingesetzt.

Über die Molotschna, über alle deutschen Kolonien, geht die Front der Roten Armee und ihrer Gegner hinweg. Ein Martyrium, das mit Worten nicht zu beschreiben ist.

Örtliche Arbeiterräte gewinnen in der Ukraine mehr und mehr an Macht, die von der Regierung nicht mehr zu zügeln ist. Die Geschehnisse entgleiten ihr, überall im Lande reißen Banditen die Herrschaft an sich. Rauben und Plündern ist an der Tagesordnung. In die Höfe und Häuser dringen die Schwerbewaffneten ein. Sie fluchen, toben und drohen mit sofortigem Erstechen oder Erschießen, wenn die Opfer nicht willfährig sind. In Ohrloff werden sieben Männer erschossen, in den umliegenden Ortschaften zusammen über dreißig. Der Terror kennt keine Grenzen.

Anfang April 1918 wüten die Verbrecher wieder einmal in Ohrloff. Auf den Krüger-Hof hat es eine vierköpfige Bande abgesehen, deren Anführer sich offenbar gut auskennt. Daniel Krüger, jener, der die Cholera überstand, kann gerade noch seine Mutter in das sichere Versteck bringen, das er im Keller extra angelegt hat. Dann wird er mit Gewehrkolben geschlagen, muss Kleidung, Wäsche und Lebensmittel auf zwei Wagen laden, danach die Pferde vorspannen. Und Geld wollen sie, Geld! Da erkennt er den, der ihm ein Messer an den Hals hält. Es ist Iwan Semow, ein Russe aus dem Nachbardorf, der früher bei seinem Vater als Tagelöhner gearbeitet hat.

„Iwan, du?“, fragt er entsetzt.

„Jetzt sind wir die Herren. Los, wo ist das Geld?“

„Frag’ die andere Bande, die uns vor euch schon ausgeraubt hat!“

Iwan will gerade noch einmal zuschlagen, als einer der anderen ruft: „Dawai, dawai, sie kommen ...“

„Wer?“, fragt Iwan noch, da sind die drei schon verschwunden, und er steht deutschen Soldaten gegenüber, die als Besatzung einziehen.

Daniel kann es kaum fassen. Ein Himmelsgeschenk! Weil man durch die herannahende Front kaum mehr Nachrichten hereinließ, kommt diese Wende völlig überraschend. Die gepeinigte Bevölkerung jubelt! Die deutschen Truppen werden als Retter begrüßt. Unter ihrem Schutz wird endlich Ruhe und Frieden eintreten.

Einige Marodeure schafften es nicht mehr, vor den Soldaten davonzukommen. Gerade so wie Iwan. Sie haben große Angst, dass die Mennoniten sich rächen werden. O Himmel, hilf!

In Halbstadt ist deshalb die russische Kirche am folgenden Sonntag gedrängt voll wie sonst nie. Und die gestern noch plünderten, beten – wie ein Russe nur beten kann, wenn die Not groß ist.

Weil Daniel in Halbstadt seinen Onkel besucht, sieht er zufällig Iwan in die Kirche hineingehen. Er folgt ihm. Der kniet sich hin, erhebt theatralisch die Hände. Hat er Daniel bemerkt? Er zittert um sein Leben, denn er weiß, wenn der ihn anzeigt, kommt er nicht ungeschoren davon.

Daniel sieht, wie Iwan vor Schreck bleich wird, als er ihn direkt hinter sich hat. Er wird immer kleiner vor panischer Angst. Da ist nichts geblieben von dem Protz mit Gewehr und Messer. Daniel legt ihm erst die Hand auf die Schulter, und als er furchtsam aufsieht, reicht er sie ihm. Es bedarf keiner weiteren Worte.

Iwan schaut ihn ungläubig an, dann sagt er: „Ich konnte es nie glauben, dass ihr wirklich nach Schlägen noch die andere Backe hinhaltet. Nun weiß ich es ..." Aber gleich darauf huscht ein triumphierendes kleines Lächeln über sein Gesicht.

Im Juli dieses Jahres 1918 wird der Zar mit seiner Familie erschossen. Lenin proklamiert die Sowjetverfassung und verlegt den Regierungssitz von Petrograd, dem früheren St. Petersburg, nach Moskau.

Der nun folgende Bürgerkrieg ist die blutige Auseinandersetzung zwischen den konterrevolutionären Kräften und den Bolschewiken. Die Nachrichten fließen spärlich, zumal es deutsche Zeitungen gar nicht mehr gibt. Man hört nur, dass die Weißgardisten den Kampf gegen Trotzkis Rote Armee aufgenommen haben. Die Kämpfe wüten nicht nur hier in der Ukraine und im Kaukasus, sondern auch im Norden, im Baltikum. Die gute Zeit unter der deutschen Besatzung dauert nur ein halbes Jahr. Im Oktober ziehen die Truppen wieder ab. Die dunklen Tage brechen erneut an. Mit jeder gesetzlichen Autorität ist es vorbei.

Unter dem sibirischen Sträfling Machnow bilden sich gefährliche Banden, schlimmer als die vorigen. Viele mennonitische Männer in den Bezirken östlich der Molotschna werden gefoltert und erschossen.

Noch immer wird gepredigt: „Nur keine Gewalt, gegen niemand. Auch gegen diese nicht." Doch als die Machnows sich der Molotschna nähern, raffen sich die Bewohner auf: „Sollen wir uns wehrlos diesen Scheusalen ausliefern und uns selbst, Frauen und Kinder in ihre Hände fallen lassen? Gegen sie kann man sich nur mit Schwert und Gewalt schützen."

„Wir verleugnen immer mehr unsere Glaubenssätze ...“

„Ist es glaubensgemäß, uns nicht schützend vor die Unseren zu stellen?“

Eine Selbstschutzgruppe wird gegründet. Man erwartet zwar das Eintreffen sowjetischer Truppen, die den Banden zweifellos Einhalt gebieten werden. Doch wenn sie sich nicht wehren, können sie bis dahin schon völlig ausgelöscht sein.

Heinrich Dyck, der wieder zu Hause ist, sagt: „Das Gewissen plagt mich, doch Gott selbst heißt uns hier handeln, da bin ich mir fast sicher.“

In den drei Monate dauernden Kämpfen gelingt es, die Banden an den Grenzen der Molotschna aufzuhalten. Doch als die sowjetischen Truppen kommen und sich, anstatt sie zu verjagen, mit den Machnow-Banden vereinen, wird die Übermacht verzehnfacht. Jetzt beginnt erneut die Schreckensherrschaft, allerdings unter dem Oberkommando der Sowjets.

In Melitopol hat das berüchtigte Revolutions-Tribunal seinen Sitz, das alle, die den Bolschewiken als Gegner ihrer Ideen verdächtig sind, ohne Untersuchung oder gar Verhandlung hinrichten lässt. Jede Woche werden mehr als hundert zum Tode verurteilt, darunter viele Mennoniten. Es ist am besten, nirgendwo aufzufallen.

Prediger Hans Wieler aus Rosenfeld wird in Angelegenheiten der Gemeinde auf die Krim gesandt. Auf dem Heimweg nimmt er Briefe von Glaubensgeschwistern mit, die vordem dorthin geflüchtet sind. Er wird angehalten, durchsucht, festgenommen und als Spion zum Tode verurteilt. Was in den Briefen steht, will niemand wissen. Er sieht die Molotschna nie wieder.

*

1919. Der Bürgerkrieg tobt immer noch, hauptsächlich spielt er sich hier in Südrussland ab. Von den schwarzen Engeln, die über das Land streichen, ist jetzt der Hunger der schlimmste. Die Leute backen Brot aus gemahlenem Heu, vermischt mit

Sägespänen, aus allem möglichen, nur Mehl ist kaum noch darin.

Es gibt keine reguläre Ernte, weil das Saatgetreide geraubt ist. Hunde und Katzen werden geschlachtet, Vögel in Fallen gefangen, um nicht zu verhungern. – Martin Neufeld hat den Schulbetrieb, der in den Wirren der letzten Jahre nur sporadisch stattfinden konnte, wieder aufgenommen. Gottfried hilft ihm dabei. Gerade jetzt müssen die Kinder von der Straße. Wenn sie verwahrlosen, wird ein normales Leben später schwer für sie.

Noch ein anderer Grund macht es dringend erforderlich, die Jungen und Mädel zu unterrichten. Die deutsche Sprache ist weiterhin als Unterrichtssprache verboten, doch in den undurchsichtigen Verhältnissen fragt hier kaum jemand danach. Er wird sie deutsche Grammatik, Feinheiten der Sprache, auch deutsche Literatur lehren, so lange er irgend vermag.

Neben der Schule versehen aber Vater und Sohn jetzt den Bauernhof. Jakob werkelt hier und da ein wenig mit, aber sein Geist hat all die Ereignisse nicht verkraftet. Am schlimmsten war für ihn die Verfügung, der Hof müsse veräußert werden. Sie wurde letztendlich zwar nicht umgesetzt, doch der Schock hat ihn zum senilen Greis gemacht. Magdalene hatte es schon vorher nicht leicht. Jetzt geht der Alltag machmal über ihre Kräfte.

Jakob ist unberechenbar. Gut, dass die Mutter ihre Schwiegertochter Hanna zur Seite hat. Die würde sich ihrerseits auch eine Schwiegertochter wünschen, doch Gottfried lebt noch bei ihnen, den Eltern, und spricht nie davon. Durch ein ungewollt mit angehörtes Gespräch zwischen Heinrich Dyck und ihm weiß sie, dass er eine russische Krankenschwester kennen lernte und sehr mochte. Er hat den Kontakt abgebrochen, weil er sie nicht der Missachtung durch die Gemeinde aussetzen wollte. Der Prediger sprach vom Unglück der Mischehe mit einer Nichtmennonitin, mit einer von *draußen*.

Als Gottfried im Vorjahr aus dem Krieg kam, hat er aus dem Norden ein Säckchen Saatgetreide mitgebracht. Zu Hause fand sich im Schuppen ein Rest, der nicht geraubt war. Beides hat ihnen eine kleine Ernte beschert. Das Feld, dicht am Haus, musste allerdings Tag und Nacht bewacht werden, ehe es reif war.

Wenn Hanna nun Brot bäckt, dann stets auch eins für die Schulkinder. Sie tut es in unregelmäßigen Abständen, damit es immer eine Überraschung ist, wenn in der Pause wieder einmal für jeden eine Schnitte ausgeteilt wird. Es sind immerhin über dreißig Schüler aller Altersstufen. Jeder Einzelne kommt und bedankt sich.

An einem Novemberabend sitzen die Neufelds zusammen in der Stube, deren Möbel arg lädiert sind durch die Überfälle. Selbst die zwei zerbrochenen Fenster konnten noch nicht repariert werden. Niemand hat Glas, und woher sollte man es besorgen? Pappe ist davor genagelt.

„Könnte man die letzten sechs Jahre ungeschehen machen!“, sagt Hanna.

„Sie wären uns erspart geblieben, hätten wir uns damals nicht abhalten lassen zu gehen“, entgegnet Martin.

„Oh nein, nicht dieses Thema“, bittet Magdalene mit einem ängstlichen Blick zu Jakob hin.

„Warum nicht?“, mischt der sich da ein, und er scheint in diesem Augenblick einmal klar zu sein. „Wenn ich heute noch einmal entscheiden müsste, bleiben oder gehen, würde ich es mir nicht mehr lange überlegen.“

Alle sehen sich an. Ist das der Großvater? Und ist es seine wahre Meinung, ist’s ein Lichtblick, oder spricht er aus der Umnachtung heraus?

„Großvater, du würdest jetzt wirklich nach Amerika gehen, wenn du noch einmal Gelegenheit hättest?“ Gottfried kann die Äußerung noch immer nicht einordnen.

„Ich war letzte Nacht im Traum dort. Sie warten auf einen Brief von uns. Wenn ihr schreibt, erwähnt aber nicht all das Schlimme, was wir erlebt haben. Im Traum sagte Lukas: Das wollte ich dir doch ersparen.“

V

Kansas, man schreibt das Jahr 1920. Im Garten von Georg und Lea Wiebe in Gnadenfeld sitzt eine große Runde, die sich regelmäßig reihum bei den Familien aus Ohrloff trifft. Es sind jene, die 1905 aus Russland hierher kamen, und sie trafen schon einen an, der sich bereits dreißig Jahre vor ihnen auf den Weg gemacht hatte: Lukas Neufeld. Er konnte jedem mit Rat und Tat beim Neuanfang helfen. Sie nutzten seine vielfachen Verbindungen zu Handwerkern und Händlern, und er besaß Maschinen und Geräte, die sie bei ihm ausleihen konnten, bis sie eigene besaßen.

Ja, Gnadenfeld hat seinem Namen alle Ehre gemacht: Gott war gnädig in allem, was sie angefangen haben. Der Ort ist ihnen ein vertrautes Zuhause geworden, ohne dass sie die alte Heimat darüber vergessen. Im September sind es schon fünfzehn Jahre, dass ihre Reise begann.

Die Wiebes besitzen den größten der neuen Höfe. Sie sind jetzt Mitte vierzig und schaffen mit Lust. Für Matthias bauen sie ein neues Haus, er will in diesem Jahr eine eigene Familie gründen. Das väterliche Anwesen zu übernehmen, ist Sohn Ullrich vorgesehen, doch das hat Zeit, er ist erst acht Jahre alt. Auch zwei kleine Mädchen sind ihnen hier noch geboren worden. Die lauschen, wenn von diesem fernen Land die Rede ist, wo nach der Beschreibung „Milch und Honig fließen" – nein: *flossen* muss man jetzt sagen ...

Simon Neufeld ist von seinem Onkel Lukas damals wie ein Sohn aufgenommen worden. Es hätte dazu sicher nicht des beherzten Schmuggels von Harry bedurft, aber das hat ihr gutes Verhältnis von vornherein festgeschrieben. Rahel versteht sich gut mit Esther. In ihrer eigenen Wirtschaft gibt es zwar genug zu tun, aber sie hilft, wenn es nötig ist.

Dietrich hat bereits eine eigene Familie, er baut sein Haus in der Nähe von Matthias Wiebe, der sein Schwager geworden ist.

Dina war damals neun, als sie herüberschipperten. Da hat ihr

Dietrich unterwegs schon nahe gelegt, sie solle auf ihn warten. Und sie hat es getan.

Harry und Anne sind auch stets mit in der Runde. Vier Kinder haben sie inzwischen, aber alles Mädchen, wieder keine Bauern! Sie wohnen in Kansas City, doch mit dem Auto sind sie rasch hier. Oft erinnern sie sich an den wahrhaft ungewöhnlichen Beginn ihrer Liebe, als sie sich innerhalb von Stunden für das ganze Leben banden. Bis heute bereuten sie es niemals. Sie danken den Eltern, dass sie damals die künstlich aufgebauten Hürden in der Gemeinde mutig beiseite schoben, um sie glücklich zu sehen. Harry bedauert, dass sein Freund John nicht einmal ihre Hochzeit noch erlebte. Nur von seinem Abenteuer in Russland konnte er ihm noch erzählen.

Die anderen Bauern aus Ohrloff, die Höppners, Penners und Bartsch's können auf ihre stattlichen Anwesen ebenso stolz sein wie Julius Martens auf seine Getreidemühle. Stolz aber auch auf die gut geratenen Kinder. Nichts ist schließlich selbstverständlich.

Sie alle beten regelmäßig miteinander, danken Gott für alle Wohltaten. Dabei vergessen sie nie die alten Freunde in der Molotschna, wie sie es versprochen haben. Schon in den Jahren vor 1914 haben sie diese nach Kräften unterstützt. Dann kam das große Schweigen während des Krieges, wo keine Post hin- und herging, keiner vom anderen etwas wusste und jeder deshalb bangte. Was in den Zeitungen zu lesen war, konnte man glauben oder auch nicht. Russland ließ niemand ins Land reisen, viele Meldungen konnten daher nicht belegt werden. Die Hungersnot während der Revolution und nun im Bürgerkrieg vermochten die Russen jedoch trotz aller Abschottung nicht zu verheimlichen.

Wie der Bürgerkrieg einmal endet und was danach kommt, weiß bis heute niemand. Aber als sie ein paar Monate nach Kriegsende darüber debattierten, war allen klar: jetzt müssen sie helfen, jetzt, nicht irgendwann. So schlossen sie sich einer Aktion an, die das MCC – das Mennonitische Central Commitee – von Pennsylvanien aus startete. Sie wollten Schiffe voll

Lebensmittel hinbringen, und zwar über Konstantinopel nach Sewastopol. Von dort sollte die Ladung auf dem Landweg weitertransportiert werden.

Bedingung war, dass auf dem Schiff für die Molotschna einer mitreist, der sich dort auskennt. Wer sollte das sein? Schließlich kamen sie überein, Wilhelm Penner sei der geeignete Mann – er war früher öfter von daheim aus mit Handelsgut nach Sewastopol gefahren und kannte den Weg im Schlaf. Die anderen bestellten dafür hier in Gnadenfeld inzwischen seine Äcker und sorgten, dass der Hof keinen Schaden nahm. So war es vereinbart, so haben sie es gehalten. Wilhelm wird alles tipptopp vorfinden, wenn er heimkommt. Das wird bald sein, denn heute hat er aus New York angerufen. Dem Herrn sei Lob und Dank!

Seine Nachricht, die sie heute beschäftigt, wird gleich die Runde nicht nur unter denen aus Ohrloff machen. Nein, ganz Gnadenfeld muss es erfahren: Es ist gelungen, sie konnten die Lebensmittel abliefern. Sie konnten helfen ...

Als Wilhelm eine Woche später in Gnadenfeld eintrifft, wird er mit Jubel empfangen und soll gar nicht aufhören mit Erzählen. Es dauert eine Weile, ehe er alle Fragen beantwortet hat. Dabei ist er sichtlich mitgenommen von den Strapazen. Die seelischen waren vielleicht schlimmer als die körperlichen. Seine Züge spiegeln die Erschütterung wider, wie er die einstige Heimat angetroffen hat.

Diesmal findet das Treffen in seinem Hause statt. Beim Berichten springt er mitunter von einem Thema zum anderen. Er greift aus der Fülle heraus, was ihm gerade zuerst einfällt. Später kann er es ordnen.

An den Weg vom Hafen Sewastopol bis ans Milchflüsschen denkt er nicht mehr gern. Immer wieder geschahen Überfälle durch die Rotarmisten, und sie waren mehrmals in Gefahr, gefangen zu werden. Dann kamen sie aber dem vertrauten Ort immer näher, und die Anspannung wuchs.

„In der Erinnerung stand mir alles so vor Augen, wie wir es verlassen hatten, blitzsauber, jedes Haus aufs Beste instand. ‚Blühende Ortschaften‘ war ja nicht nur eine Redensart.

Deshalb glaubte ich am falschen Ort zu sein ... Ich schäme mich nicht zu sagen, dass mir die Tränen kamen. Jedem von euch wäre es gewiss ebenso ergangen. Ich kann euch nicht einmal beschreiben, wie schlimm es aussah. Die Höfe mit kaputten Toreinfahrten, vor allem aber die Gebäude! Was bei den Raubüberfällen demoliert worden war, konnte bis jetzt nicht wieder repariert werden ...“ Wilhelm schüttelt den Kopf. „Es gibt nichts zu kaufen, selbst das Primitivste nicht. Nun, das wäre zu ertragen gewesen. Doch die Menschen! Hohlwangig die Kinder. Die Erwachsenen hat der Hunger so ausgezehrt, dass sie viel älter aussehen als sie sind ...

Ungläubiges Staunen, als sie uns sahen und wir ihnen sagten, was wir brächten. Manche haben mich auch nicht gleich wieder erkannt. Ich konnte mich nicht lange aufhalten. Die ganze Aktion war nur möglich, weil die Weißgardisten den Süden besetzt hielten und uns Geleit gaben. Die Rotarmisten griffen laufend an, ich erwähnte es schon von unterwegs. Sie wollen das ganze Land den Bolschewiken untertan machen. Wie es scheint, sind sie sogar in der Übermacht, und es ist womöglich nur eine Frage der Zeit, wie lange sich die Weißen halten können. Unser Begleitschutz musste jedenfalls so bald wie möglich zurück in die Stellungen.

Ich konnte in der kurzen Zeit Emanuel Cornies die zehn Wagenladungen übergeben; er wird die Verteilung vornehmen. In aller Eile hat er einen Brief geschrieben, darin dankt er uns allen mit bewegten Worten – im Namen aller. Ihr könnt ihn dann selbst lesen. Wie bewegt er war, brauche ich wohl nicht zu beschreiben, zumal wir völlig unverhofft eintrafen. –

Wen ich noch besuchen konnte? Nun, Simon, dein Bruder Martin wohnt jetzt mit Frau und Sohn auf Vaters Hof. Gottfried, den ich als Zehnjährigen zum letzten Mal sah, ist ein stattlicher junger Mann. Dass er sich auch für den Lehrerberuf entschieden hat, wisst ihr noch aus einem Brief. Martin und er halten um der Kinder willen die Schule aufrecht. Beide müssen aber auch den Hof so gut es geht bewirtschaften, um wenigstens ein paar Kartoffeln und Rüben zu ernten.

Am meisten hat mich erschüttert, wie ich Jakob antraf. Er erkannte mich nicht, dachte, ich wolle ihm seinen Besitz für billiges Geld abkaufen. Als ich ihm sagte, ich komme aus Amerika und bringe auch Grüße von seinem Bruder und von Simon, da lachte er irr. ‚Amerika – das ist doch der Himmel, nicht wahr? Du bist auch von dort? Dann bist du ja ein Geist, haha!' O Lukas, wenn ich dich dagegen ansehe, gesund und rüstig – dabei bist du siebenundsiebzig, und er noch etwas jünger ...

Ihr hattet auch nach den Krügers gefragt. Beide Vettern habe ich getroffen, Daniel und Peter. Sie erzählten, dass sie lange Zeit nichts von Peters Schwester wussten. Marthe hatte in eine der Tochterkolonien bei Omsk in Sibirien geheiratet. Von dort kam auf Umwegen eine Nachricht. Die Weiße Armee musste vor den Roten fliehen, ihr Ziel war die Mandschurei. Einer aus Charkow war dabei, der nicht mit wollte, sondern heim zu seiner Familie. Er setzte sich zusammen mit ein paar anderen ab. Sie erwischten einen Zug, der westwärts fuhr. Neun Tage saßen sie auf dem Waggondach oder standen auf den Puffern zwischen den Wagen – bei eisiger Kälte, minus 50 Grad. Der Zug endete in Omsk. Der Mann hatte tagelang nichts gegessen. Am nächsten Haus, das er sah, klopfte er an, um zu betteln. Eine verhärmte Frau öffnete, sie hatte ein Kind an der Hand. Auf die Bitte um Brot bekreuzigte sie sich, bat ihn aber herein. Sie zeigte auf den Herd, wo ein paar kleine Pfannkuchen buken. ‚Aus meinem letzten Mehl', sagte sie, ‚wir werden sie zu dritt essen. Meinen Mann haben sie verschleppt, ich hoffe, dass ihm auch jemand etwas gibt, wenn er anklopft.'

‚Ist das euer einziges Kind?', fragte er.

‚Die anderen vier sind schon gestorben', antwortete sie. Dann fragte sie, wie weit er es noch habe bis nach Hause.

‚Ich will nach Charkow', sagte er.

‚Kommt Ihr da durch die Molotschna? Dann grüßt in Ohrloff meinen Bruder und sagt ihm, wie es mir geht.' Peter wollte sie heimholen, doch er kam zu spät ..."

„Wollte niemand mit euch hierher kommen? Es wäre doch die Gelegenheit gewesen."

„Ich habe Emanuel Cornies gefragt, wie er denn jetzt über eine Auswanderung denke. Er glaubt immer noch das Väter-Erbe hochhalten zu müssen. Unsere Weißgardisten sagten ihm ohne Umschweife, dazu würde er nur Gelegenheit haben, wenn sie aus dem Bürgerkrieg siegreich hervorgingen. Er erwiderte: ‚Ja, weil ich dafür bete, bleibe ich.' In der Gegend um Chortitza kämpfen dagegen einige Tausend um die Genehmigung zur Ausreise. Aber die Regierung in Moskau verweigert sie hartnäckig ..."

*

Als sie im folgenden Winter wieder einmal beieinander sitzen, sind auch Abraham Boger und seine Frau Luisa, Lukas' Tochter und Schwiegersohn aus Hoisington dabei. Während sich Harry und Anne in Kansas City in der Mennoniten-Brüdergemeinde angenommen fühlen, obwohl Harry nicht Mitglied geworden ist, halten sich diese beiden in ihrer nächsten Stadt Great Bend zur lutherische Kirche. Warum sie die Gnadenfelder Mennoniten meiden, weiß jeder.

„Aber es gibt doch in Great Bend auch Anhänger von Menno Simons, nicht wahr?", fragt Julius Martens wieder einmal nach.

Abraham antwortet nicht gleich. Er ist ein auf Harmonie bedachter Mann. Aber gerade weil diese Frage regelmäßig kommt, stellt er heute die Gegenfrage, ob denn Julius wirklich nur die Mennoniten für allein selig machend halte und der Himmel nur für sie reserviert sei. „Immer wenn ihr von Deutschen aus Russland sprecht, meint ihr ausschließlich Mennoniten. So, als gäbe es gar keine anderen Gemeinden."

„Eine Statistik weist aus", unterstützt ihn Harry, „wie viele evangelische und stellenweise auch katholische Christen in Russland leben. Nur in bestimmten Gegenden sind die Mennoniten in der Überzahl."

„Wir Lutheraner haben in der Lehrmeinung auch unsere Differenzen, zugegeben. Aber solch eine Spaltung und gegenseitige Anfeindung der verschiedenen Richtungen kennen wir nicht. Ich habe gelesen, wie erbittert Altmennoniten und Brüdergemeinde um das Verhalten bei der Taufe streiten: Die einen wollen den knienden Täufling nach vorn, die anderen den stehenden rückwärts ins Wasser senken. Macht das vor Gott einen Unterschied?“

„Ganz bestimmt nicht, Abraham“, gibt ihm Georg Wiebe Recht, „doch diese Streitigkeiten, manchmal um ganz nebensächliche Dinge, kennen wir leider schon seit einem halben Jahrhundert. Sie sind nicht erst hier aufgetreten. Wie scharf die Auseinandersetzungen waren, hing meist von dem jeweiligen Prediger ab.“

„Ich hoffe, euch muss ich nicht klar machen, dass wir Lutheraner denselben Herrn anbeten. Und schauen wir auf die Geschichte unserer Volksgruppen, so haben wir vieles gemeinsam. Wir wurden von der Obrigkeit nicht besser behandelt als ihr – im Gegenteil. Wenn ich an unsere Ausreise denke ...“

Lukas gibt dem Schwiegersohn, der immer sehr zurückhaltend ist, einen Anstoß: „Erzähl’ doch mal von deiner Familie! Es ist immer gut, wenn man voneinander weiß.“

„Du kennst ja die Geschichte, Vater. Uns gebürtige Schwaben hat die Cholera aus dem Kubangebiet vertrieben. Wir wohnten in der Nähe von Krasnodar, hundert Meilen nördlich vom Kaukasus. Dort starben so viele, dass kein Mensch einen Augenblick sicher war, ob nicht der nächste Schritt schon in die Arme des Sensenmanns führt. Während dieser Epidemie haben wir erlebt, wie Todesnähe wirkt. In gewisser Weise war es eine wunderbare Zeit, die man sich manchmal zurückwünschte: Die Menschen waren geduldig und hilfsbereit. Kein Zank und Streit, sondern man vertrug sich. In solcher Notlage gilt nicht mehr reich oder arm, besser oder schlechter. Keiner schilt den anderen. Fast ein Phänomen. Man muss es erlebt haben, um es zu begreifen. Oft frage ich mich, wenn ich mich daran erinnere: Warum kann es nicht immer so sein? – Ehe wir aufbrechen konnten, musste die Seuche erloschen sein.

Um zur Bahn nach Charkow zu kommen, mussten wir erst übers Asowsche Meer fahren – wir, das waren meine Eltern, zwei Brüder, drei Schwestern und ich. Man war mit unseren

Papieren nicht zufrieden, da musste mein Vater bis nach Rostow am Don gehen. Würde er jetzt die richtigen bekommen? Und würde er in zwei Tagen zurück sein, damit wir den Zug erreichten?

Er kam. Doch kaum im Zug, hieß es, Auswanderer nach Amerika müssen aussteigen und wieder zurückfahren, zurück in ihre Dörfer. Keine Ausreise, kein Durchkommen an der Grenze. Wir waren vollkommen verzagt, verzweifelt. Wir konnten nicht zurück. Alles war verkauft, wir hätten uns zum Gespött der Leute als Knechte und Mägde verdingen müssen. Was meint ihr, haben wir während dieser Zeit getan: Gebetet! Und Gott, der Herr hat unsere Gebete erhört. Er hat nicht gefragt, zu welcher Gemeinde wir gehören.

Es kam ein Mann zu uns, der hatte die Androhungen der Begleit-Polizei gehört. Er fragte leise: ‚Braucht ihr Fahrkarten nach Marienburg in Deutschland? Dorthin wollt ihr doch zu Besuch, hörte ich. Ja?' – Mein Bruder hätte beinahe geantwortet: Nein, wir wollen ... Aber er stoppte rechtzeitig. Der Mann schien von der Bahn zu sein, er verkaufte uns diese Fahrkarten. Vater bezahlte so unauffällig wie möglich. Er glaubte erst, der Mann wolle mehr dafür haben als den regulären Preis. Aber er nahm nicht einmal Trinkgeld. ‚Gott behüte euch!', sagte er, als er ging.

An der Grenze waren die Russen trotz der Fahrkarten nach Deutschland misstrauisch und zögerten unseren Übergang hinaus. Als der Zug endlich rollte, haben wir aufgeatmet, als wären wir dem Fallbeil entronnen. Vielleicht kennt ihr dieses Gefühl auch."

„Ich kenne es, o ja", sagt Harry, „und ich weiß genauso wie du, Schwager, dass man ganz sicher ist: Es war Gottes Hand, die einen führte und bewahrte ... Ach, Vater und Mutter, ihr seid wirklich übel dran, dass ihr gleich zwei Schwiegersöhne habt, die nicht nach Maß sind", wechselt er den Ton ins Scherzhafte.

„Aber wir möchten keinen von euch eintauschen", gibt Lukas lächelnd zurück.

*

In der Folgezeit bleibt die Post immer noch spärlich, und kommt einmal ein Brief, so stehen nur belangslose Alltagsdinge darin. Wahrscheinlich werden Mitteilungen über die Lage im Land nicht durchgelassen. Und doch kennt Harry Quellen, nach denen die Zeitung Meldungen drucken kann. Teilweise kommen sie aus anderen Ländern, denn im nordrussischen Murmansk landen britische und französische Truppen. Sie besetzen Archangelsk und installieren eine Marionettenregierung, die bis 1920 bestehen bleibt.

In Sibirien landen amerikanische und japanische Truppen. Dort fungiert der russische Marinekommandeur Alexander Koltschak als Kriegsminister einer Weißgardistenregierung in Omsk, bis die Stadt den Rotarmisten in die Hände fällt und Koltschak hingerichtet wird. Die Bolschewiken besitzen, wie befürchtet, die größere Durchschlagskraft. Deshalb beendet ihr Sieg 1921 den Bürgerkrieg. Ein Jahr später gründet Lenin die Union der Sozialistischen Sowjetrepubliken. Die kommunistische Regierung verstaatlicht Land und Produktionsmittel.

„Harry, wo führt das hin?“, fragt sein Schwiegervater, wohl wissend, dass eigentlich niemand eine Antwort darauf geben kann. „Ich muss immer an unser Dorf denken, an alle, die dort geblieben sind.“

„Vater, wie es auch sei, wir wissen eins: Sie sind in Gottes Hand.“

*

Es ist immer wieder Harry Sailer, der zuerst Neuigkeiten aus Russland nach Gnadenfeld bringt, noch ehe die Zeitung sie gedruckt hat. Heute, am 7. Januar 1924, stürmt er aus der Redaktion nach Hause.

„Anne, ich muss deinen Eltern gleich Nachricht geben, damit sie es weitersagen. Das Jahr hat gut angefangen. Eine ‚Autonome Republik der Wolgadeutschen‘ ist gestern proklamiert worden. Ein Wunder!“

Anne stimmt sogleich ein: „Vielleicht ist es der Anfang, dass es den Deutschen besser geht und ihre Stellung wieder gebührend anerkannt wird ..." Doch dann denkt sie weiter: „Und die Leute in Ohrloff? Der Ort gehört gar nicht zu den Wolga-Kolonien."

„Ich hoffe, dass sie auf dieses Ereignis hin das Gleiche für sich beanspruchen werden. Wenn dort Autonomie gewährt wurde, werden sie diese auch für sich beantragen, das wäre die logische Folge."

„Du hast selbst gesagt, dass dort manches der Logik entbehrt."

„Ich will einfach das Beste für sie annehmen."

In der Zeitung steht dann das Folgende: „In Moskau wurde kürzlich, wie gemeldet, ein Rätekommissariat für deutsche Angelegenheiten ins Leben gerufen. Unter der Leitung des sozialdemokratischen deutschen Kriegsgefangenen Ernst Reuter *(Anm.: ab 1947 Oberbürgermeister von Berlin)* beschäftigte es sich mit dem Aufbau einer Autonomie der Wolgadeutschen. Das Ergebnis: Am 6. Januar 1924 wurde das Gebiet der Wolgakolonien zu einer ‚Autonomen Sozialistischen Sowjetrepublik der Wolgadeutschen' erklärt. Zur Führung sind die bewährten Kommunisten Petin und Reuter bestimmt. Die Verwaltung liegt in den Händen einer ‚Arbeitskommune für das Wolgagebiet'. Sie hat ihren Sitz zunächst in Saratow.

Die Selbstverwaltung beschränkt sich allerdings auf die Zweige Inneres, Finanzwesen, Rechtspflege, Gesundheit und Erziehung, Landwirtschaft, Selbstschutz, Presse und soziale Fürsorge. Die kommunistische Partei kann in Verfassung und Verwaltung bestimmend einwirken. Damit gibt es jetzt zwischen dem 50. und 52. nördlichen Breitengrad und dem 45. und 54. Längengrad stromabwärts ein Klein-Deutschland von dreißigtausend Quadratkilometern. An der Spitze steht ein Rätekongress, dem dreihundert Deputierte aus den örtlichen Sowjets angehören ..."

Später ergänzt eine andere Zeitung: „Die Wolgarepublik beherbergt nicht nur Deutsche – ein Viertel aller Russlanddeutschen –, sondern eine Reihe nationaler Minderheiten wie

Russen, Kasachen, Ukrainer und Esten. Sie umfasst vierzehn Kantone: sechs deutsche, drei russische und fünf gemischte. Mit ihrem Aufbau geht eine gewisse Neubesinnung der deutschen Kolonisten einher. Seit Beendigung des Bürgerkrieges können erstmals wieder deutsche Zeitungen erscheinen, z.B. die ‚Deutsche Volkszeitung' und die ‚Deutsche Stimme'. Zugleich wird in deutschen Landkreisen in der Ukraine, auf der Krim, in Georgien, Aserbaidschan und in der Altairegion die deutsche Sprache – auch als Unterrichtssprache – sowie kulturelles Leben wieder zugelassen. In Prokowsk wird der Bau eines deutschen Pädagogischen Instituts begonnen."

Vielleicht ist das alles hintergründig auch einer alten Frau zu verdanken, die nicht mehr am Leben ist – Lenins Großmutter war die russlanddeutsche Anna Blank, geborene Großschopf ... Trotzdem darf man nicht erwarten, dass er als ihr Enkel handelt. Er ist Kommunist und hat das Rätekommissariat der Wolgakolonisten berufen lassen „zum Kampf mit der verhassten Schicht, den Großbauern und Konterrevolutionären in den deutschen Kolonien", heißt es offiziell.

Wie wird sich dieser Kampf zeigen? Nun, der ihn begann, wird ihn nicht durchführen, denn zwei Wochen später ereignet sich, was niemand erwartet hat: Am 21. Januar 1924 stirbt Wladimir Iljitsch Lenin.

Die Bolschewiken halten den Atem an, und das ganze Volk bangt, was jetzt kommt. Sein Nachfolger wird Jossif Wissarionowitsch Stalin. Ein Mann mit finsterem Blick, kalt, undurchsichtig. Er macht kein Hehl daraus, dass er mit eiserner Hand regieren wird.

VI

Sommer 1928. Im Moskauer Kreml sitzen Genosse Stalin, der Generalsekretär der Kommunistischen Partei der Sowjetunion, und seine engsten Vasallen um den ovalen Tisch im Roten Saal, in dem er residiert. Das Staatsoberhaupt duldet nur Auserwählte neben sich, und selbst die werden argwöhnisch beobachtet. Was er bei der regelmäßigen Lagebesprechung hören will, ist eigentlich nur die Bestätigung, dass alles befehlsgemäß linientreu geschieht. Einer, der eigene Gedanken umzusetzen versuchte, ist still und leise einen plötzlichen Herztod gestorben. Später wird Stalin auch vor Schauprozessen nicht zurückschrecken, wenn es gilt, Personen mit anderer Meinung auszuschalten.

Ergebenheit ist Voraussetzung, um hier an diesem Tisch zu sitzen. Deshalb wird heute natürlich positiv gewertet, was ansteht. Der Kommunismus lässt negative Kritik gegen sich selbst nicht aufkommen. Was der Protokollant aufnimmt, sind eigentlich bekannte Tatsachen, aber Stalin legt Wert darauf, dass sie immer neu bestätigt werden: Die Neue Ökonomische Politik hat ihren Zweck erfüllt, hat der Wirtschaft Erholung gebracht. Es fiel nicht leicht, auch nur für eine Übergangsfrist von bolschewistischen Grundsätzen abzuweichen, aber nur diese Notverordnung konnte das Land vor einem Bankrott bewahren. In den ersten Jahren nach der Revolution saßen noch nicht die richtigen Leute in den Ämtern. Es wurde eine unsinnige Wirtschaft betrieben, und der Staatssäckel war leer. Da hat sich als nützlich erwiesen, vorzugeben, dass sich wieder alles frei entwickeln und jedermann zu Wohlstand kommen könne. Jetzt ist es aber an der Zeit, die Dinge wieder auf Kurs zu bringen – durch den ersten Fünfjahrplan.

Die Neue Ökonomische Politik brachte auch mit sich, dass sich viele von den Auswanderungslisten streichen ließen, in die sie sich eingetragen hatten. Das ist wichtig, denn wir brauchen alle Arbeitskräfte für die Kollektivierung, die jetzt zielstrebig vonstatten gehen muss. Die Liquidierung der Leute, die nicht gebraucht werden, kann erst später einsetzen.

Das Ziel muss sein, das Potenzial jedes Einzelnen unserer hundertsiebzig Millionen Menschen bis zum Äußersten für uns einzusetzen. Der Kolchos ermöglicht uns eine straffe Kontrolle der Arbeitskräfte und die vollständige Erfassung des Arbeitsertrages. Um den Boden dafür vorzubereiten, liegt der Beschluss vor, zunächst die gesamte private Landwirtschaft in ein bis zwei Jahren bis auf den Grund zu ruinieren, um die Bauern für das Kollektiv gefügig zu machen. Sie werden einfach totgesteuert.

Dabei ist klar, dass es niemals gelingen wird, die gesamte russische Bevölkerung den kommunistischen Zielen gefügig zu machen, geschweige denn sie für diese zu gewinnen. Die aktivste russische Bauernschicht, zu der auch die deutschen Kolonisten gehören, werden sich mit der neuen Wirtschaftsform schwerlich aussöhnen oder auch nur abfinden können. Deshalb wird der Entwurf eines Regierungsbeschlusses vorgelegt: Diese Schicht – sie zählt rund zwanzig Millionen – wird liquidiert, physisch vernichtet.

Die Äußerung des Genossen Krylow wird wörtlich protokolliert: „Ja, die Volksschädlinge – ich nenne sie Kulaken: die geballte Faust, die sie immer gegen uns in der Tasche haben – müssen vernichtet werden. Diese ‚Entkulakisierung' soll Hand in Hand gehen mit der Vorbereitung des Restes der Bauern auf die Kollektivwirtschaft ..."

Der Mann mit den stechenden Augen unter dicken schwarzen Brauen und dem breiten Oberlippenbart hat schweigend zugehört. Der Fünfzigjährige hat eine Karriere hinter sich, die seinen Machtanspruch erklärt. Bereits mit fünfzehn Jahren war er revolutionär tätig, zuerst in seiner Heimat Georgien. Mit zweiundzwanzig nannte er sich Berufsrevolutionär, gründete die Leninsche ISKRA-Organisation in Transkaukasien, wurde Führer der Bewegung und Organisator großer Streiks. Zwei Jahre später traf er Lenin persönlich, und wieder zehn Jahre danach machte der ihn zum Mitglied des Zentralkomitees und

Leiter des russischen Büros. In der Zwischenzeit wurde er siebenmal verhaftet und sechsmal verbannt. Durch die Februarrevolution 1917 kam er frei und führte an Lenins Seite die Oktoberrevolution. Es war absehbar, dass er nach Lenins Tod dessen Nachfolger wurde und die Politik des Landes nun allein bestimmt. Gut zu wissen für diejenigen, die fragen, wie es in der Sowjetunion weitergeht.

Auf der heutigen Zusammenkunft zieht Stalin das Fazit: „Keinerlei Kompromisse hinsichtlich unserer Doktrin. Um sie den Sowjetbürgern von Kind auf einzuimpfen, müssen wir unser Augenmerk auf die Lehrer richten ..."

Das ist der Anlass, erzieherische Sommerkurse für alle Lehrkräfte anzuberaumen. Martin und Gottfried Neufeld versammeln sich jeden Morgen zusammen mit ihren Kollegen aus der ganzen Umgebung im neuen Lehrerseminar in Chortitza. Es sind fast ausschließlich noch die Lehrer der deutschen kirchlichen Schulen, auch wenn die Strukturen sich geändert haben.

Der Leiter der Pädagogischen Anstalt, die noch kurz vor dem Umbruch von den deutschen Gemeinden finanziert wurde, ist Hermann Epp. Doch das Kommissariat für Schulwesen hat auch zwei Parteigenossen abgeordnet, die die kommunistische Lehre unverfälscht an den Mann bringen sollen. Das ist das größte Anliegen und muss strikt zum Erfolg geführt werden, da bisher keiner der Kursteilnehmer eine engere Beziehung zur Partei hat.

Die Beauftragten sind eine Matrone und ein junger Mann. Er ist erst vor kurzem aus Deutschland herübergekommen, Felix Müller aus Leipzig, ein Idealist, den die dortigen Kommunisten delegiert haben, damit er hier das Siegen lernen soll. Er erzählt es stolz, in miserablem Russisch. Als ihm die Lehrer sagen, dass er mit ihnen auch Deutsch sprechen kann, ist er glücklich. Ein harmloser Junge.

Galina sieht es natürlich gar nicht gern, wenn er redet, was sie nicht versteht. Aber er versichert ihr, dass er auf diese Weise viel besser vermitteln kann, was ihm so wichtig ist. Galina ist eine alte Veteranin, die schon zur Zeit des letzten Zaren mit den

Bolschewiken paktierte. Jeder nimmt sich instinktiv vor ihr in Acht.

Wie sie da am Katheder steht – schlampig gekleidet, hängendes Doppelkinn, die Lippen dick bemalt, aber Zahnlücken im Gebiss! Keine Werbung für ihr Anliegen – und was sie von sich gibt, geschieht in scharfem Ton, gar nicht gewinnend. Doch die Kursteilnehmer bemühen sich um – gespielte? – Aufmerksamkeit.

Sie zitiert Molotow, betont enthusiastisch jedes Wort: „... Wie klar, gerecht, vernünftig und edel ist die Politik der Diktatur des Proletariats! Wie imposant und grandios sind die Erfolge der Politik der vernünftigsten Partei der Menschheit, indem sie für alle Menschen ein fröhliches, lichtes, schönes Leben schafft. Die überwältigende Mehrheit unseres Landes – viele Millionen also –, die bewusst und aktiv die sozialistische Gesellschaft aufbauen, das sind die neuen Geschöpfe der Menschheitsgeschichte ...“

„Wir in Deutschland beneiden die glücklichen Sowjetmenschen“, sagt Felix. Er versucht es für Galina noch auf Russisch auszudrücken.

Sie erwidert: „Ihr werdet bald das Gleiche tun, was jetzt unsere vornehmste, dringlichste Aufgabe ist: die Kinder von klein auf für ein Handeln im Sinne unserer Vorbilder Lenin und Stalin zu erziehen. Ihr Lehrer habt die Schlüssel zur Durchsetzung des kommunistischen Gedankengutes, deshalb müsst ihr es beherrschen ...“ –

Galina ist so fanatisch, dass sie nicht ahnt, es könnte für die Menschen gerade hier in Chortitza und der Molotschna, in allen deutschen Kolonien andere Themen geben, die sie mehr beschäftigen. Es geht um ihr Überleben. Nicht nur materiell, auch subjektiv leiden die Deutschen und besonders die Mennoniten unter der sowjetischen Agrarpolitik. Sie sind überwiegend Landwirte, und auch die Lehrer stammen meist aus Bauernfamilien. Der Verlust der Selbstständigkeit, der einhergeht mit der Zerstörung der Familie, die Entkirchlichung und die Vernichtung der eigenen Kultur trifft sie schwer.

Allmählich beginnen auch die führenden Mennoniten zu erkennen, dass keineswegs nur ihre wirtschaftliche Existenz vernichtet werden soll. Sie selbst als Menschen sind Ziel dieses furchtbaren Ansturms. Sie stehen der Kollektivierung im Wege, weil aus ihnen niemals landwirtschaftliche Industriearbeiter werden können.

Mit zäher Verbissenheit haben sie sich ein Jahrzehnt lang gegen den drohenden Untergang gewehrt. Sie haben den Bolschewismus für eine vorübergehende Erscheinung gehalten und auf einen Umsturz gewartet. Nun müssen sie die Aussichtslosigkeit einsehen. Man braucht auch nicht großartig auf Umerziehung zu setzen, denn bei der großen Bevölkerungszahl, die dem Regime zur Verfügung steht, spielen sie als Kollektivbauern zahlenmäßig nur eine geringe Rolle.

Dazu sind Eigenschaften wie Unternehmungsgeist, Tatkraft, Fleiß und Sparsamkeit für die kollektive Landwirtschaft eher ein Hindernis.

Die gesamte Landwirtschaft soll also in ein bis zwei Jahren totgesteuert sein, wird bekannt. Bei den zur Liquidierung bestimmten Kulaken wird es beschleunigt, indem ihnen in kürzester Aufeinanderfolge immer höhere Abgaben an Geld und Getreide auferlegt werden, sodass sie oft in wenigen Tagen vollkommen ruiniert sind. Der Rest des Besitzes kommt dann für ein Spottgeld unter den Hammer oder wird auch vom Staat für irgendeinen Kolchos eingezogen.

Wann sind die Ohrloffer dran?

*

Peter Krüger wacht aus einer Ohnmacht auf. „Wo bin ich?“, denkt er und versucht sich aufzurichten. Seine Glieder schmerzen, und sein Kopf, sein Kopf ... Da ist ja auch Blut, wo er gelegen hat, viel Blut.

Er sieht sich um. Es ist sein Hausflur, wo er sich befindet.

In der Stube nebenan stöhnt jemand. Er will aufstehen und kommt nicht auf die Beine. Weil das Stöhnen ein Jammern wird, kriecht er auf allen Vieren bis zur Tür. Er stößt sie auf. Da liegt Elisa, seine Frau. Sie hat die Augen offen.

„Elisa, was ist mit dir?“

„Sie haben mich geschlagen und getreten. Mein Leib schmerzt furchtbar. Hilf mir doch!“

„Ich möchte, aber ich kann nicht. – Wer hat dich geschlagen?“

„Zwei Männer, die säckeweise geraubt haben. Hast du sie nicht gesehen?“

„Jetzt kommt mir die Erinnerung. Ja, es waren ein Baschkire und ein Russe, sie sind wohl nicht das erste Mal hier. Wie Daniel seine Einbrecher vorige Woche beschrieb, können es dieselben gewesen sein.“

„Ich höre Schritte draußen – kommen sie zurück?“

Nein, es sind Hannes und Heiner, die Söhne.

„Mama, Vater! Ihr seid beide verletzt ... Ich hole sogleich den Arzt.“ Heiner rennt davon, und Hannes hilft der Mutter auf, bettet sie auf das Sofa.

„Wo wart ihr beide?“, fragt sie stockend.

„Wir sind zwei Männern nachgehetzt, die am helllichten Tage Beute gemacht hatten. Früher kamen die Banditen in der Nacht, doch sie werden immer dreister.“

„Habt ihr sie eingefangen?“, will der Vater wissen.

„Wir haben sie bei den Iwanows in Alexandrowka erwischt, als sie dort an Vater und Sohn einen Beuteanteil ablieferten, und zwar dafür, dass ihnen die beiden gesagt hatten, wo sich das Klauen wohl am meisten lohnt. Sie haben die Diebe seit längerem sogar sicher gemacht, dass ihnen nichts passieren würde, weil die dummen Mennoniten sich alles gefallen lassen“, sagt Hannes.

„Das haben sie euch doch nicht erzählt! Woher wollt ihr es also wissen?“

„O, sie haben es zugegeben. Aber erst, nachdem wir sie windelweich geklopft hatten.“

„Wie bitte? Ihr habt sie doch nicht geschlagen?“ Der Vater ist entsetzt.

„Wir haben sie nur verprügelt. Du weißt, dass wir uns zur

Selbstschutztruppe gemeldet haben, und Vetter Paul, der auch dazu gehört, hat uns bei dieser Aktion unterstützt."

Peter wird in diesem Augenblick bewusst, dass seine Söhne keine Kinder mehr sind, als die er sie noch immer sehen wollte. Es sind junge Männer mit kräftigen Armen und Fäusten, ihr Freund Paul hat ein noch viel breiteres Kreuz als sie. Wo die zupacken, o je.

„Kinder, das könnt ihr nicht machen! Erst haben wir im Krieg um Ersatzdienst gekämpft, eben wegen der Wehrlosigkeit, die der Glaube uns vorschreibt. Und nun?"

„Habt ihr im Bürgerkrieg nicht auch eine Verteidigungstruppe gegen die Machnowbanden gegründet und eingesetzt?"

„Ja, aber wir haben Gott um Vergebung gebeten und geschworen, es soll nie wieder vorkommen."

„Wir Jungen haben es nicht geschworen, wir waren damals grade acht und neun. Jetzt werden wir beweisen, dass sie mit uns nicht alles machen können."

Heiner kommt. „Der Arzt ist nicht da, aber die Frau wird es ihm sagen. Sie hat mir inzwischen Verbandstoff gegeben."

Vater lässt sich den noch immer blutenden Kopf verbinden. Er ist sehr beunruhigt. „Nun werden sich die Iwanows rächen, habt ihr das bedacht?"

„Dazu müssen sie erst wieder zu Hause sein."

„Ihr habt doch nicht – ?"

„Doch, Vater, wir haben die vier bei der russischen Polizei abgeliefert, wo sie auch alles gestanden haben."

„Gnade uns Gott!"

„Die Polizei hält sich zurück, wenn es um's Dingfestmachen geht. Das überlässt sie den Zivilisten."

„Aber wenn sie die Täter einmal hat", sagt der Vater, „werden sie auf barbarische Weise bestraft. Ihr wisst, den Juri haben sie sogar verhungern lassen."

„Er hatte sechs Kindern das letzte Brot entrissen und nicht gefragt, was aus ihnen wird."

„Wie könnt ihr nur so urteilen! Habt ihr in Kirche und Schule es nicht ganz anders erlernt?"

„Vater, der Pastor hat selbst gesagt, wir leben in einem Ausnahmezustand."

„Bestimmt hat er nicht gesagt, das berechtige euch zu eigenen Geboten."

„Paul hat dasselbe bemerkt wie wir: Die Gemeinde hält sich zurück, wenn es um die Verurteilung von Abwehr geht. Sie alle haben Angst, mit der bürgerlichen Verwaltung in Konflikt zu geraten."

„Achtzehn und neunzehn seid ihr – so wie ihr hätte ich nie zu Erwachsenen gesprochen, selbst als ich älter war. Die ‚Welt' hat euch verdorben."

„Wir hätten euch mehr davor schützen müssen", meldet sich die Mutter, die angestrengt durchs Fenster schaut, ob denn der Arzt bald komme. Das Reden fällt ihr sichtlich schwer, und doch meint sie Heiner, der sich ein bisschen unbeholfen zwar, aber doch um sie bemüht, noch etwas sagen zu müssen: „Junge, die Prediger und Mitglieder, wir alle haben zu wenig getan gegen das Unwesen, unsere Regeln zu missachten. Wir sind die Stillen im Lande, müssten beispielgebend sein und haben versagt. Wir sind schuldig geworden ... Kannst du, könnt ihr beide mir versprechen, zu den Fundamenten unseres Glaubens zurückzukehren?"

„Mutter, wir wollen hoffen, dass wir keinen Anlass mehr haben, uns wehrhaft zu zeigen ..."

„Habt ihr bedacht, dass unser Verhalten Folgen haben kann für alle?", meldet sich der Vater wieder. „Wir kämpfen in Moskau um unsere Belange, die wir dann selber missachten, wir werden unglaubwürdig. Habt ihr auch einmal erwogen, wie die Brüder in Amerika reagieren könnten? Ob sie Abtrünnigen noch die Hilfe zuteil werden lassen, ohne die wir längst verhungert wären?"

„Vater, du wirst so blass, du solltest dich nicht aufregen. Die schlimme Zeit wird sicherlich nicht ewig dauern. Wenn sie erst vorüber ist ... – O, Hannes, Hannes, bring' kaltes Wasser für einen Umschlag. Er wird wieder ohnmächtig."

„Dann sieh du auch nach Mutter, doch ich glaube, sie schläft nur. – Weißt du, wir müssen beide schonen. Sollten nicht mehr widersprechen, wenn sie uns zurechtweisen."

„Und wenn der nächste Verbrecher auftaucht, halten wir unseren Kopf hin?"

„Kein Widerspruch – das schließt nicht aus, dass wir spontan handeln, nicht wahr?"

*

Der Vater sucht ein paar Tage später Heinrich Dyck, den Prediger, auf.

„Du musst die Jugend eindringlicher auf die Hauptanliegen unseres Glaubens hinweisen, ihnen einschärfen, dass wir mit Gewaltanwendung unsere Seligkeit auf's Spiel setzen ...", bestürmt er ihn, doch dann hält er plötzlich inne, sieht ihn an. „Wie schaust du aus? Eine Beule am Kopf, Schnittwunden am Hals. Und warum versteckst du die Hände? Zeig her! Die Fingernägel dunkelblau unterlaufen? Haben sie dich auch überfallen wie uns?"

„Nein, nein", wehrt der Prediger ab. „Bin gestürzt, ziemlich heftig. Aber die Blessuren heilen wieder." Er versucht zu lächeln. „Lass uns über dein Anliegen reden. Ich weiß, wie sehr gerade unsere jungen Leute in dieser wirren Zeit Wegweisung brauchen. Aber in der Predigt kann ich sie fortan weder ihnen noch der ganzen Gemeinde geben."

„Ich verstehe nicht – was willst du uns dann im Gottesdienst sagen?"

„Wir dürfen keinen mehr halten. Geh' auf dem Heimweg an der Kirche vorbei. Du wirst sehen, dass sie ab heute Getreidelager ist."

„Das können sie nicht mit uns machen!" Peter Krüger ist entsetzt.

Heinrich Dyck antwortet ruhig, fast apathisch. „Du willst also, dass wir uns wehren?"

„Nein, nein, das dürfen wir ja nicht. Aber wir werden uns reihum in den Häusern versammeln."

„Auch verboten. Ich darf nur die einzelnen Familien unserer Gemeindemitglieder besuchen."

Peter Krüger hat sich bisher nicht einmal hingesetzt. Jetzt lässt er sich schwer auf den nächsten Stuhl fallen und stützt den Kopf in die Hände. „Ich kann es nicht fassen – das Amt beschnitten, die Gemeinde zerschlagen, die Kirche entehrt ... Das lässt Gott zu?"

„Wenn du willst, Peter, besuche ich euch morgen. Ich muss es auch allen anderen sagen."

VII

Oktober 1929. Die Kollektivierung ist nicht das Schlimmste. Ein neues Schreckgespenst macht die Runde: die Entkulakisierung. Die Kulaken sind „die Reichen“, die im Proletariat keinen Platz haben. Sie sollen nicht nur ihr Eigentum verlieren, sondern regelrecht physisch vernichtet werden.

Die Ohrloffer haben ein Beispiel vor Augen, das sie tief beunruhigt: Emanuel Cornies. Der Geheimdienst hat nämlich erfahren, dass er der Nachkomme des einst reichsten Mannes in ganz Südrussland ist. Johann Cornies hat als einer der Deutschen, die Ende des 18. Jahrhunderts von der Zarin Katharina hierher gerufen wurden, die Molotschna zum Zentrum einer wahren Goldgrube gemacht. Er hat die Landwirtschaft zur ertragreichsten weit und breit gemacht. Jener Johann Cornies, dessen ‚Mustergut‘ von einem Nachkommen zum anderen weitergegeben wurde und in dem jetzt die fünfte und sechste Generation, nämlich Emanuel und sein Sohn Wilhelm wirtschaften, soll ein Genie gewesen sein. Er wurde vom Zaren sogar zum Korrespondierenden Mitglied der Akademie der Wissenschaften erhoben.

Die Urenkel sind gewiss keine so überragenden Persönlichkeiten, aber vielleicht doch klug? Umso eher müssen sie verschwinden. Der Staat braucht Geld, und wenn man sie forttreibt, fällt mit Sicherheit nebenher heimlich auch etwas für die Vollstrecker ab.

Nun wird man es nicht plump ohne Anlass tun. Es gibt da Mittel und Wege. Wichtig ist, dass man nicht mehr nur wie bisher das Familienoberhaupt beseitigt, sondern nestweise die ganze Sippe der gemeinsamen Vernichtung zuführt, damit ja kein ‚Same‘ übrig bleibt.

Im Frühjahr bekommt Emanuel Cornies ein Schreiben mit dem Befehl, innerhalb eines Tages zweitausend Rubel und tausend Pud Weizen abzuliefern. Er tut es. Dann kommt der nächste Bescheid, und wieder der nächste. Bis nichts mehr da ist. Jetzt weiß er, was man unter „totsteuern“ versteht.

Wilhelm hat den Vater schon beim ersten Befehl angefleht, alles Geld zu nehmen, was er noch hat, und mit der ganzen Familie – der Sohn hat inzwischen auch Frau und drei Kinder – zu Freunden zu gehen, die nicht ganz nahe wohnen. Er bereitete vor, dass sie alle kommen könnten, und packte bei Nacht seine Sachen. Emanuel ließ sich jedoch nicht erweichen und hielt an seinem Gedanken fest, das Väterliche nicht im Stich zu lassen. Wilhelm aber ging. Er wusste, was auf sie alle zukommen würde.

Jetzt ist auch Emanuels neue Ernte abgeholt. Als er nichts mehr abliefern kann, stehen tags darauf zwei Büttel auf dem Hof: Von der GPU kommen sie, der Geheimpolizei, die sich nun „Staatliche politische Verwaltung“ nennt.

„Entkulakisierung“, sagen sie nur. „Dir gehört nichts mehr, du hast auch das Haus zu verlassen. Packt jeder euer Bündel, so viel ihr tragen könnt – und fort!“

„Wohin?“, fragt Emanuel. Tine, seine Frau steht weinend neben ihm.

„Seid ihr denn nur zu zweit?“, fragt der Ältere der beiden Männer.

Sie deuten ein Nicken an, sagen nicht ja und nicht nein.

„Hier ist der Befehl zur Aussiedlung auf Kulakenland in Rosowka. Der Großgrundbesitzer dort – haha! – ist längst verbannt. In einer Stunde Abtransport ... Dass wir es nicht vergessen: Nehmt einen Spaten mit, ihr müsst euch dort Erdhütten graben.“

*

Daniel Krüger wägt wie die meisten Dorfbewohner ab: Bleiben oder gehen? Er will sich mit Prediger Dyck darüber austauschen. Bei der Auswanderung 1905 soll der gesagt haben, dass er lieber mitginge, als hier zu bleiben. Doch als Hirte dürfe er seine Herde nicht verlassen, er wisse sich von Gott an diesen Platz gestellt.

Damals meinte er, zum Hierbleiben gehöre Gottvertrauen. Wie wird er jetzt entscheiden, wo er sein Amt kaum mehr wahrnehmen und keine Gemeinde mehr für seinen Unterhalt sorgen kann? Er sah in letzter Zeit abgehärmt aus und war sehr wortkarg. Als er Daniel besuchte, machte er einen gehetzten Eindruck. Vielleicht ist er krank? Sicherlich gut, zu ihm zu gehen.

Aber Heinrich Dyck ist nicht zu Hause. Die Nachbarn sagen, dass sie ihn seit Tagen nicht gesehen haben. So versucht Daniel mit seinem Vetter Peter darüber zu reden.

Dem macht der Missbrauch des Bethauses und die Lage der Gemeinde schwere Gedanken. Auch Heinrich Dycks Abwesenheit befremdet ihn. Aber seit dem letzten Überfall wird die Wehrlosigkeit immer wieder zu seinem Hauptthema. Er steigert sich in die Sorge um das Seelenheil seiner Kinder hinein – umso mehr, da sie nun keinen Gottesdienst mehr besuchen können.

Die Entscheidung, nach Amerika zu gehen, sollte ihm deshalb leicht fallen. Aber da hegt er wiederum großes Misstrauen, sie könnten dort erst recht negativem Einfluss ausgesetzt sein. Heiner und Hannes haben ihm allerdings zu verstehen gegeben, dass sie im Falle einer noch möglichen Auswanderung unbedingt mitwollen. Er hat ihnen versprochen, zunächst Erkundigungen einzuholen. Aber wo?

„Noch ist Zeit“, schiebt er die Sache vor sich her.

„Nicht mehr lange, denke ich“, gibt Daniel zu bedenken. Ihm wird dabei klar, dass er keines Zuredens mehr bedarf.

Hinter dieser Überlegung steht noch eine besondere Triebfeder: Er entscheidet nicht mehr für sich allein, er hat jetzt auch Verantwortung für einen anderen Menschen ... Fünfunddreißig Jahre alt ist er und hat lange gezögert, eine Familie zu gründen. Die Eltern sind beide tot – zuerst starb der Vater, dann voriges Jahr die Mutter. Beide hatten sehr darauf gewartet, dass sie noch eine Tochter erleben würden. Doch erst als Daniel ohne Mutter wirtschaften musste, schaute er sich nach einem Mädchen um. Und ihn, der sich vorher sehr kühl gab, packte eine ganz tiefe Liebe.

Debora Reimers war noch jung, gerade einundzwanzig. Er sah sie zum ersten Mal in Halbstadt auf dem Markt, und es schoss ihm durchs Herz: Das ist sie. Seine Scheu, die ihm bisher bei jeder Brautschau im Wege gewesen war, wollte wieder die Oberhand gewinnen. Doch wenn er sie jetzt nicht wenigstens fragte, wo sie wohnt, würde sie ihm wohl auf immer verloren sein. Seine spontane Verliebtheit beflügelte ihn so sehr, dass er sie ansprach. Der Funke sprang über. Sie trafen sich, und Daniel gefiel offenbar auch den Eltern. Der Vater war Schmied, die Mutter nähte. Sie waren bestimmt nicht reich, danach fragte er nicht. Er konnte ihr zu jener Zeit noch einen Hof bieten. Sicherlich nun nicht mehr. Aber das zählt nicht. Sie werden sich gemeinsam ein Heim schaffen. Also macht er sich heute entschlossen auf, die Emigration mit ihr zu bereden.

Debora ist das schönste Mädchen, das Daniel je gesehen zu haben meint. Sie ist einen halben Kopf kleiner als er, gertenschlank, fast schmächtig. Aber sie kann zupacken, und wie! Es ist eine Lust, sie arbeiten zu sehen! Dazu schaut sie immer adrett aus, dafür sorgt die Mutter.

Sie geht ihm schon entgegen, als sie ihn kommen sieht. Im Flur breitet sie die Arme aus und strahlt ihn aus ihren hellgrünen Augen an. Als er sie küsst, streicheln ihre üppigen brünetten Locken seine Wangen. Er könnte platzen vor Glück. Dass es so etwas auf Erden gibt!

„Nie wieder lasse ich dich los, Debora, du bist mein Alles, mein Leben."

Ist das noch der Bauer Daniel? Er war zwar immer ein stattlicher Mann, der auch auf sich hielt. Doch sein Wesen – das Mädel hat ihn verwandelt, verzaubert. Was wird das für ein Leben miteinander sein!

„Debora, wir gehören zusammen, und bald wirst du meine Frau sein. Aber hier können wir nicht bleiben. Du kennst die Lage, und es kommen keine besseren Nachrichten. Eines Tages könnte es zu spät sein. Viele brechen schon auf. Wir müssen heute besprechen, wann wir alle – deine Eltern, du und ich, uns auf den Weg machen. Meine Jugendfreunde Dietrich und

Matthias werden uns in Amerika zu einem neuen Anfang verhelfen, da bin ich sicher. Wir sollten uns gleich morgen oder übermorgen nach Moskau auf den Weg machen, ehe es zu spät ist."

Deboras Augen verlieren ihren Glanz. „Daniel, Mutter ist krank. Wahrscheinlich eine Lungenentzündung. Vater holt den Arzt. Es wird länger als zwei Tage dauern, bis sie mit kann. Und ich muss sie pflegen, das verstehst du doch?"

„Oh Debora!"

„Weißt du, es wird gut sein, wenn du vorausgehst und die Visa schon besorgst. Dann können wir ohne Wartezeit von dort aufbrechen."

Er nimmt sie in den Arm. „Ich weiß nicht – viel lieber würde ich auch warten."

„Wir kommen bestimmt, sobald es irgend möglich ist. Die Zeit, die du uns voraus bist, kommt uns dann zugute, glaub' mir."

„Ich wollte dich nie wieder von meiner Seite lassen ..."

„Es geht doch nur um ein paar Tage! Hör' auf mich und geh', ja?"

*

Martin Neufeld und seine Hanna sitzen in der Wohnstube des väterlichen Hofes wie vor elf Jahren, gerade ehe die deutschen Truppen als Besatzung kamen.

Auch Gottfried, der Sohn, war damals wie heute dabei. Er brachte inzwischen die ersehnte Schwiegertochter ins Haus. Franzi ist die Tochter von Artur und Jenny Wehner; beide Familien sind seit langem freundschaftlich verbunden. Vor einem Jahr wurden sie auch Großeltern. Der kleine Philipp ist ihre ganze Freude. Angst wird ihnen nur, wenn sie an die Zukunft denken. Wie schon einmal stehen sie vor der Entscheidung: bleiben oder gehen? Nur dass ihr Bleiben in diesem Hause ohnehin nur noch eine Frage der Zeit ist.

„Diesmal kostet es uns keine Minute zu überlegen. Doch ob sie uns jetzt gehen lassen?"

„Wir müssen es versuchen. Ich habe mich umgehört, wir werden nicht die Einzigen sein."

„Nur wie sollen wir es bewältigen mit Großvater?"

„Franzi, wenn deiner noch leben würde – was würdest du tun?"

„Mitnehmen. Ich habe sehr an ihm gehangen. Er hätte allerdings noch selbst laufen können, er wurde nur siebzig Jahre alt."

„Und unser Großvater wird sechsundachtzig. Wer hätte gedacht, dass er, dessen Geist schon lange nicht mehr lebendig ist, so ein Alter erreicht!"

„Gut, wir sind uns also einig: Alles bleibt stehen und liegen, denn an Verkaufen ist natürlich nicht zu denken." Gottfried winkt nur ab. „Gar kein Thema. Ob uns alles weggenommen wird, wenn wir verbannt werden oder ob wir von uns aus alles verlassen, macht keinen Unterschied."

„Franzi, nimm du alles Nötige für Philipp mit, das ist wichtig. Nur – wo kriegen wir unterwegs etwas zu essen her?"

„Wie gut, dass ich den Jungen noch stille."

„Gerade deshalb musst du auch essen."

„Ich denke, Mutter hat noch was in geheimer Reserve, das uns jetzt zugute kommt, nicht wahr?"

„Also – wann?"

„Morgen. Denn ob wir übermorgen noch ein Pferd haben für die Fahrt zum Bahnhof?"

*

Als Wilhelm Cornies nachts heimlich nach Hause kommt und sieht, dass alles verlassen ist, weckt er die Nachbarn. Sie machen erst die Tür auf, als er sich zu erkennen gibt, denn jedes Klopfen macht Angst. Bald droht ihnen wohl das gleiche Schicksal wie Emanuel und Tine.

Wilhelm will nur wissen: „Habt ihr eine Ahnung, wohin man sie gebracht hat?"

„Wir haben die Männer belauscht, es hieß, sie könnten nicht

mehr alle ‚Schädlinge' sogleich verhaften, denn sämtliche Gefängnisse seien überfüllt. Deshalb kämen sie über Winter zuerst auf Kulakenland nach Rosowka. Ja, und sie müssten einen Spaten mitnehmen ... Was willst du tun, Wilhelm?"

„Ich muss sie suchen, sonst sind sie verloren."

*

November. In den südlichen und südöstlichen Vorstädten von Moskau wimmelt es von Menschen. Den Bewohnern wird angst. Was wollen die hier? Sie kommen mit Motorfahrzeugen, hauptsächlich aber mit dem Zug – Einzelne auch mit Wagen. Und sie sprechen zwar Russisch, aber untereinander pflegen sie ein Kauderwelsch, dass einem die Haare zu Berge stehen! Deutsch kann es ja nicht sein, das ist verboten. Also fragen wir einen: „Hallo, was seid ihr für Landsleute?"

„Plattdütsch wie die Vorfahren."

Diese Sprache lernten auch die Prediger schon praktizieren, deren Russisch für eine gute Verkündigung nicht reichte.

Allmählich wurde es dort, wo das Predigen nur in Deutsch verboten war, gang und gäbe, ohne dass man es propagierte. Diese ‚Plattdütschen' – oder aus bestimmten Gegenden im Süden die ‚Schwaben' – mieten sich ein bei Leuten, die sie aufnehmen wollen. Notquartiere, aber Hauptsache ein Dach über dem Kopf.

Ein Großteil der Hiesigen verschließt zwar seine Türen: Womöglich kommt man sonst mit der Sowjet-Obrigkeit in Konflikt ... Das wäre gefährlich! Glücklicherweise sagen sich andere ganz naiv: Es sind sowjetische Staatsbürger, warum sollte man sie nicht beherbergen?

In Perowo haben Ruth Cornies und ihre drei Kinder Unterschlupf gefunden bei der Arbeiterfamilie Borenskij, die selbst vier Kinder hat. Die Enge bedrückt, aber es ist ja nicht für lange.

Ruth zahlt etwas Miete und kann ein paar Lebensmittel für die ganze Familie einkaufen, das schafft gutes Einvernehmen.

„Habt ihr keine anderen Angehörigen?“, fragt Vater Wanja.

„Unser Papa holt noch die Großeltern, sie sind fortgeschleppt worden“, sagt die zehnjährige Barbara. „Sie kommen bestimmt bald.“

„Wir haben für sie die Papiere mit beantragt“, ergänzt Ruth.

„Dann ist's ja gut“, meint Wanja zufrieden.

Michael und Johannes sind elf und sechs Jahre. Sie haben sich rasch mit Boris und Nikita angefreundet. Für sie ist das alles ein Abenteuer.

Der Massenansturm von Tausenden Deutschstämmiger, die ihre Auswanderungserlaubnis erzwingen wollen, kommt für die Behörden völlig überraschend. Glaubten sie doch, mit der Neuen Oekonomischen Politik sei jedermann beschwichtigt. Dass mit dem Fünfjahrplan wieder ein anderer Wind wehen sollte, wurde ja noch verschwiegen.

Doch alles Locken und Drohen hatte offenbar die Wirkung verfehlt. Die Ämter in gehöriger Entfernung von Moskau entwickelten nämlich von Anfang an ihre eigenen, wenig einfühlsamen Methoden. Sie wollten ohne Umweg zu ihren letztendlichen Zielen gelangen. Besonders im Süden wurden vielerorts dreißig bis sechzig Familien zu einer Kolchose zusammengefasst, wo sie ohne Lohn, nur für karges Essen zu arbeiten haben.

Die verzweifelten Bauern, denen man die Kollektivierung von heute auf morgen überstülpte, ließen alles stehen und liegen. Manche versuchten noch etwas zu versteigern, doch vergeblich. Es war ihnen ja gesagt worden, dass ihnen die Höfe gar nicht mehr gehörten.

Die Gastgeber in Moskau wissen offenbar nichts von Kollektivierung und Entkulakisierung. „Warum wollt ihr denn fort?“, fragen sie.

„Ihr würdet es auch versuchen, wenn ihr in unserer Lage wäret. Wir gelten als Kulaken, als ‚Reiche‘, die beseitigt werden müssen. Euch behelligt man anscheinend nicht.“

„Bei uns Städtern ist nicht viel zu holen.“

Wer die sowjetische Politik nicht durchschaut, zuckt nur die

Achseln. Es gibt aber auch stramme kommunistische Parteigänger unter diesen Städtern. Sie fragen: „Wohin wollt ihr eigentlich? Doch nicht etwa nach Amerika?"

Als keiner antwortet, sagt ein Genosse: „Also doch! Ha, geht nur zu den Kapitalisten, die werden euch gehörig versklaven! In ein paar Jahren wollt ihr wiederkommen, doch dann ist unsere Tür zu ...!"

Wieder unter sich, schüttelt ein sibirischer Bauer den Kopf: „Wie er das Wort ‚versklaven' aussprach ... Ist er denn blind?"

In der Deutschen Botschaft stehen die abgesandten Vertreter von Gruppen aus Ortschaften und Großfamilien an, um Visa zu beantragen. Lange Namenslisten haben sie bei sich. Sie werden ihnen abgenommen, nachdem sie eingehend über die Gründe befragt worden sind. Es sind ja nicht nur Menschen aus einer bestimmten Gegend, nein aus allen Kolonien haben sie sich aufgemacht: aus der vor fünf Jahren mit so viel Hoffnung gegründeten Autonomen Wolgarepublik, aus Jekaterinburg im Ural, aus Kasachstan, aus Sibirien, vom Dnjepr und der Molotschna, aus dem Kaukasus und den Schwarzmeergebieten.

„Ihr wollt wirklich alles aufgeben, was ihr in Jahrzehnten aufgebaut habt?", fragt ein Botschaftsangestellter, der die Anträge entgegennimmt.

„Verhöhnt uns nicht! Uns hat niemand gefragt, ob oder was wir wollen. Nicht nur unsere Wirtschaft wird zerschlagen, nein unsere Erziehung in Haus und Schule, alle Werte werden untergraben, die Kirche zerstört. Unsere Bet- und Pfarrhäuser nehmen sie uns, die Prediger werden verbannt ..."

„Ihr seid die besagten Mennoniten?"

„Nicht nur", mischen sich andere ein, „wir sind Katholiken."

„Und wir Lutheraner – Reformierte – Methodisten. Aber es geht uns allen gleich."

„Können wir den Botschafter persönlich sprechen?"

„Herr von Dirksen ist auf Urlaub. Leider. Er konnte nicht wissen, dass ihr ..."

„Wer vertritt ihn?"

„Der Geschäftsträger ist Herr Botschaftsrat von Twardowski."

Als er erscheint, sind alle beruhigt. Das ist einer, der sie versteht und ihre Interessen vertreten wird. Ja, er ist gut informiert und weiß, dass das Leben in den Kolchosen für sie unerträglich geworden ist. Er sieht auch weiter: dass es durch diese Misswirtschaft bald zu einer Hungersnot kommen wird. Das spricht er natürlich nicht aus. Aber er setzt sich mit aller Kraft für seine Volksgenossen ein.

Zuerst erwirkt er von der GPU die Genehmigung der Ausreisen. Sie macht jedoch zur Bedingung, dass die „unzufriedenen Elemente" schnellstens verschwinden, denn ihr Aufenthalt in der Hauptstadt ist nicht tragbar.

Auf Twardowskis Weisung besucht der Landwirtschaftsattaché Professor Dr. Auhagen mit einem ganzen Stab von Leuten täglich die Flüchtlinge in ihren Notquartieren. Er bringt Lebensmittel, Medikamente und Decken vorbei – es ist inzwischen empfindlich kalt geworden, November eben.

Fieberhaft wird in der Botschaft gearbeitet. Täglich gehen Telegramme nach Berlin mit der Bitte, dem Abtransport der Bauern nach Deutschland zuzustimmen. Aber die Hindenburg-Regierung zögert und verschanzt sich hinter fehlenden Etatmitteln durch die beginnende Weltwirtschaftskrise und steigende Arbeitslosigkeit. – Manche wollen auch nach Kanada. Wie steht es dort? Kanada hat 1923 unter einer konservativen Regierung die Order in Council erlassen, die Einreisen versagt. Jetzt sind die Liberalen wieder am Ruder, und die sind vor allem den Mennoniten wohl gesonnen. Aber ehe das Gesetz geändert ist, vergeht zu viel Zeit.

Die Leute in der Botschaft gönnen sich Tag und Nacht kaum eine Pause. Es ist keine Zeit zu verlieren. Die GPU droht bereits mit der Rückbeförderung der Bauern, wenn nicht sofort etwas geschieht. Aber auch dieses Argument beeindruckt Berlin nicht. Als die GPU Ernst macht und aktiv wird, steckt sie in einer Blitzaktion einfach wahllos zweitausend Leute in den Zug und transportiert sie zurück, unabhängig davon, wo sie herkamen. So gelangen ukrainische Bauern nach Sibirien und umgekehrt.

Als Professor Auhagen davon Nachricht erhält, sind sie bereits fort. Ihnen kann er nicht mehr helfen.

Zu den zweitausend gehören Ruth Cornies und ihre Kinder. Bei Nacht sind die Schergen gekommen, haben sie vom Lager auf dem Fußboden gezerrt. Sie mussten in ein paar Minuten fertig sein. Die Borenskijs waren bestürzt, fragten die Fremden, was das zu bedeuten habe. Sie bekamen nur Tritte, aber keine Antwort. Dann wurden die Kinder und ihre Mutter gepackt, hinausgezerrt und auf einen Bahnhof gebracht. Der Zug fuhr rasch ab.

Als Twardowski davon hört, schickt er ebenso rasch fünftausend Flüchtlinge auf seine eigene Verantwortung nach Deutschland, zunächst nach Ostpreußen. Später will er für sie Einreisegenehmigungen nach Paraguay und Brasilien in Südamerika bewirken. Und wer jemand in den USA hat, soll sich melden, heißt es. Listen werden wieder zusammengestellt. Die Verwandten werden sich dort einsetzen, dass sie zu ihnen kommen können. Da atmen die Neufelds auf.

Heiner und Hannes Krüger sind nicht schüchtern. Sie, die ohne Wissen der Eltern mit aufgebrochen sind, setzen ihre Namen dazu und vermerken dahinter deutlich „aus Ohrloff". Sie sind sicher, jemand wird sich ihnen „verwandt fühlen". Auf eine Frage sagen sie, die Eltern kämen nach.

„Ob sie es tun, Hannes? Vater überlegte ja immer noch."

„Wenn sie sehen, dass wir fort sind, Heiner, kommen sie auch."

„Hoffentlich nicht nur, um uns zurückzuhalten ..."

„Deshalb dürfen wir nicht warten, sondern müssen auf eigene Faust gehen. Klar?"

„Ganz recht ist mir's nicht, aber es geht wohl nicht anders. Nur so gehen Vater und Mutter mit Sicherheit auch."

*

Alles in diesen Tagen geschieht in Hektik. Martin Neufeld und Hanna gehören zu den Ersten, die Order bekommen, sich für die Fahrtetappe nach Ostpreußen bereitzumachen. Wahrscheinlich trägt die USA-Liste dazu bei. Vielleicht ist es außerdem Jakob, das Bündel Mensch im Rollstuhl, der ihnen in die erste Reihe verhilft. Es bleibt keine Zeit zu fragen, wo Gottfried und Franzi mit dem Kind sind. Aber die Eltern haben sie mit in die Liste für USA eingetragen. Irgendwo im Zug wird man sich schließlich finden, denken sie. Zwar hatten die jungen Leute gestern noch keine Visa, doch die wird das Amt natürlich vor der Abfahrt austeilen. Als die Bauern erfahren, dass Deutschland sie, die Deutschen nicht will, ist die Enttäuschung unbeschreiblich groß. Sie wird sich noch auswirken. Zunächst aber warten weitere achttausend auf das rettende Dokument, und wenn es nur für die Zwischenstation ist.

Immer wieder wird vertröstet: Habt Geduld, ihr bekommt es schon noch. Tatsächlich werden noch tausend Visa ausgestellt.

Eins davon nimmt Daniel Krüger in Empfang. Er müsste sich darüber freuen, und doch zögert er, sich mit auf den Weg zu machen. Stunde um Stunde, von einem Zug zum anderen hat er auf Debora und ihre Eltern gewartet. Die Visa sind beantragt und bewilligt, sie liegen bereit zur persönlichen Abholung. Was soll er jetzt tun? Jeder sagt: Zögere nicht! Trotzdem bleiben Zweifel. Da rät ihm der Halbstadter Prediger, dem dort die weitere Ausübung seiner Amtspflichten von der Behörde verboten wurde: „Nimm aus Gottes Hand, dass du vorausgehen sollst. Wenn sie eintreffen, solange ich noch hier bin, sage ich's ihnen."

„Ich hinterlasse außerdem in der Botschaft eine Nachricht", beruhigt er sich. Doch sein Herz ist schwer. „Komm doch, Debora, komm!"

Nachdem dieser Transport fort ist, sind es immer noch sechstausend, die warten. Da stoppt die GPU von einer Stunde zur anderen die Aktion. Kein einziges Visum mehr. Schluss.

Aus. Die noch warten, ereilt das gleiche Schicksal wie vor Tagen schon die zweitausend. Ab nach Süden, Osten, Südosten.

Keiner weiß, wohin der Zug fahren wird, in den er gepfercht worden ist. Es sind viele, die sich widersetzen, einzusteigen. Ein Milizionär will Gottfried Neufeld zwingen, doch er wehrt sich.

„Ich muss Frau und Kind suchen, verstehst du das nicht?"

„Du hast zu gehorchen, weiter nichts!"

Da kommt es zum Handgemenge. Peter Krüger sieht es, er springt dazwischen. „Keine Gewalt, Gottfried, um des Himmels willen! Ich bitte dich. Demut müssen wir üben!"

Gottfried schüttelt beide ab und stürmt davon.

Franzi sieht ihn auf dem Bahnsteig, sie reißt das Fenster auf: „Gottfried, hier!"

„Steig' aus!", keucht er, „wir können doch nicht aufgeben!"

Da springt der Milizionär herzu, und zwei weitere hetzen von der anderen Seite heran. Gegen drei kommt Gottfried nicht mehr an.

„Handschellen!", zischt der Uniformierte. Und: „Das kostet dich zehn Jahre, verlass dich drauf!"

So endet das Aufbegehren im Kleinen.

Die große Protestaktion brachte für sechstausend den Weg in die Freiheit. Achttausend steht bevor, was Gottfried angedroht wurde. Nur dass bei ihnen die Zahl der Jahre offen steht. Zehn ist das Mindeste. – Dieser Spuk ist gerade vorbei, als Wilhelm Cornies und sein Vater in Moskau eintreffen, nicht ahnend, was hier inzwischen geschehen ist. Sie wissen nur, dass sie die Strecke nicht rascher schaffen konnten: Der Sohn konnte die Eltern in Rosowka aufspüren, als sie gerade mit dem Bau ihrer Erdhütte für den Winter begonnen hatten. Ihre Flucht war dramatisch, kostbare Zeit verging, als sie sich vor einem Posten verstecken mussten. Dann verfolgte sie ein Hund. Ein Wunder, dass sie schließlich doch entkommen konnten. Aber die Aufregung war für Mutters Herz zu groß, sie starb am dritten Tag unterwegs. Emanuel wollte aufgeben.

„Was meinst du, würde Mutter jetzt sagen?", fragte der Sohn. Da bettete der Vater sie wortlos in den Graben am Wegrand. Beide holten mit den bloßen Händen Erde vom angrenzenden Acker und begruben sie. Dann hetzten sie weiter.

Sie mussten ja Ruth und die Kinder finden! In Rjasan erwischten sie endlich einen Zug.

Nun suchen sie Hilfe in der Botschaft. Doch die wird jetzt bewacht, niemand darf hinein. Als sie sich nicht abweisen lassen wollen, bekommen sie Fragen gestellt nach dem Woher und Wohin. Muss noch gesagt werden, dass sie genau wie die anderen rigoros zum Bahnhof gebracht und einer Aufsicht unterstellt werden?

Auch ihr Zug rollt ins Ungewisse. Unterwegs kommen sie mit Schicksalsgenossen ins Gespräch.

„Ihr seid die Cornies'?"

„Ja. Ihr kennt den Namen?"

Jemand meint sich zu erinnern, dass „Cornies" aufgerufen wurde, als es um die Visa ging. Ein anderer will wissen, da sei eine Frau mit Kindern in den Zug nach Ostpreußen gelangt. Obwohl sie auf jemand wartete, hätte man ihr geraten, die Gelegenheit nicht zu verpassen. Es war doch fest zugesagt, die Papiere der nächsten Reisenden würden bald ausgegeben. Dann kämen ihre Leute ja nach ...

VIII

Dicht an dicht stehen die Gefangenen auf der Ladefläche des Lastwagens. Alle gefesselt und mit wutverzerrten Gesichtern.

„Was habt ihr denn verbrochen?", versucht Gottfried Neufeld sich an einen Nachbarn zu wenden.

Keine Antwort. Keiner spricht. Bis der Nächststehende später einmal murmelt: „Bist du auch ein Volksschädling, dem sie ein Wort gegen den Staat anlasten, das du gar nicht gesagt hast?"

„Etwas ganz anderes ..."

Da gibt es einen Ruck, sodass einige stürzen. Die Plane wird aufgerissen: „Dawai! Raus!"

Sie halten in einem großen Hof, umgeben von hohen, düsteren Gebäuden mit vergitterten Fenstern. Dann werden sie – etwa dreißig – in eine Zelle getrieben, die bestenfalls je einen Meter länger und breiter ist als die Fläche des Lastwagens. Zwei Pritschen an einer Seite.

Kein Gedanke daran, dass sich alle setzen, geschweige denn nachts auf dem Fußboden liegen können. Einer, ein Kerl mit einem Kreuz wie ein Kleiderschrank, widersetzt sich und schreit die beiden Wächter an, die die Tür hinter ihnen zuschließen wollen: „Ihr Hunde, was bildet ihr euch ein? Sagt mir wenigstens, weshalb ich hier bin! Ich will mit eurem Chef reden, mit dem Natschalnik! Verstanden?" Er stellt sich breitbeinig über die Schwelle.

Die mit dem Schlüssel rasseln, sind nicht gerade klein, aber doch längst nicht solche Brocken wie der, der da aufmuckt.

Der Jüngere von beiden schreit: „Halt die Schnauze!" und will ihn in die Zelle stoßen. Da packt ihn der Häftling trotz Handschellen und wirft ihn krachend zu Boden. Der andere sagt kein Wort, hebt blitzschnell den Revolver und drückt ab. Der Getroffene sackt zusammen, sie zerren ihn vollends vor die Tür, dann kreischt der Schlüssel im Schloss. Verhaltenes

Murren, als die Tür zu ist. Lauten Protest wagt keiner mehr.

Gottfried sieht, dass zwei Männer neben ihm die Hände falten. Er tut es demonstrativ auch, damit sie gleich wissen, wer er ist. Er war noch nie im Gefängnis, doch ihm kommt in Erinnerung, dass er einmal von Spitzeln hörte, die man einschleust. Zu den beiden, die er beten sieht, fasst er Zutrauen.

„Ihr vertraut auf Gott. Weshalb seid ihr hier?" Wilhelm nennt seinen Namen.

„Michail" und „Paul" sagen die beiden. Paul gibt Antwort: „Wir gehören zur Baptistengemeinde hier in Moskau. Sie haben uns ‚ausgehoben' – unser Prediger und alle, die im Gottesdienst waren, sollten sich spontan zur ‚Lebendigen Kirche' bekennen. Hast du davon gehört? Nein? Klingt eigentlich gut, nicht wahr? Aber das sind Leute, die im Auftrag der Staatssicherheit diese ‚Kirche' gegründet haben und dafür alle anderen, einschließlich der Orthodoxen, liquidieren sollen. Sie wüten in letzter Zeit ärger als je.

Sie sagen nicht, dass der Parteiapparat ihre Kirche ausmacht. Wir sollten unserem Glauben jedenfalls mit dem ‚Übertritt' abschwören. Weil wir es nicht taten, sind wir hier. Auch unsere Frauen sind verhaftet."

„Sie wollen die Kirche vollkommen ausrotten", sagt Michael. „Warum sie sich diese lächerlichen Umwege nicht gleich sparen ..."

„Es sind schon genug Metropoliten, Popen, auch katholische Priester und aktive Leute aus den Gemeinden hinter Schloss und Riegel. Jetzt kommen auch Mönche und Nonnen dran. Die Städte sollen übrigens zuerst gesäubert sein. Zur Erfüllung der Pläne gehören aber noch Massenverhaftungen, haben unsere Schergen gesagt."

„Ich bin vom Lande", sagt Wilhelm, „auch bei uns wollte man die Kirche demontieren, schloss Gotteshäuser und unsere Schulen. Wir sind Mennoniten, die der Regierung ein besonderer Dorn im Auge sind."

„Ich habe gehört, dass schon Mennoniten-Abordnungen hier gewesen sind. Wurdest du diesmal nach Moskau geschickt?"

„Nein, o nein!“ Gottfried erzählt mit wenigen Sätzen seine Geschichte. „Ich muss schnellstens raus hier, muss mit Frau und Kind und den Eltern zu meinen Verwandten. Sie alle hatten schon ihr Visum, auch das für mich. Trotzdem hat man meine Franzi und den kleinen Philipp nicht in den Zug nach Norden, sondern zwangsweise in den für die Abgewiesenen gesteckt. Wo die Eltern geblieben sind, weiß ich nicht.“

„Glaubst du wirklich, dass wir hier wieder rauskommen?“, fragt ein schmächtiger, fast vornehm aussehender Älterer neben ihnen. Es klingt wie Haschen nach dem Strohhalm.

Sie antworten nicht gleich. Was will er hören? Sie wissen alle drei so wenig wie er. Er deutet das Schweigen als Misstrauen.

„Ich bete auch wie ihr“, sagt er, „bin Jude. Aber ich bin nicht deshalb hier ...“ Er spricht ganz leise: „Ihr habt doch bestimmt schon vom Goldrausch gehört. Der Staat braucht Kapital. Gold. Überall wo er etwas vermutet, wird eine Hausdurchsuchung angeordnet. Ich war früher Juwelier. Was sie bei mir fanden, haben sie mitgenommen. Aber es war ihnen nicht genug, sie wollen hören, wo ich noch welches versteckt habe. Ich besitze aber keins mehr, das meiste ist längst für den Lebensunterhalt draufgegangen.“

„Noch hat uns niemand verraten, was morgen mit uns geschieht“, sagt Gottfried, „wir müssen es abwarten. Gott wird uns helfen ...“

Die Luft in der Zelle wird knapp, und es stinkt bestialisch. Sie haben einen Eimer in der Ecke. Bei dreißig Mann läuft er bald über.

Niemand kommt, es gibt weder Essen noch Trinken. Die bis jetzt stehen blieben, kauern sich nun zum Schlafen an die Wand ringsum. Wer sich hinsetzt auf den feuchten Steinboden friert bald. Sechs Mann sitzen auf den Pritschen, sie wechseln sich nach einiger Zeit mit anderen ab.

Erst am nächsten Tag geht die Tür einmal auf.

„André Rosen zum Verhör!“

Das ist der Juwelier. Er zittert am ganzen Körper. Nach ihm werden zunächst noch zwei andere aufgerufen. Lange Zeit vergeht, ehe sie wiederkommen. André lässt sich schwer auf den Fußboden fallen. Michael beugt sich über ihn. Er hat Platzwunden im Gesicht, blutunterlaufene Fingernägel. Als Paul ihm aufhelfen will, damit er sich wenigstens auf die Pritsche setzen kann, schreit er auf.

„Was haben sie mit dir gemacht?" Alle sehen ihn an und lauschen, was er wohl sagt.

„Ich wünsche es niemand, niemand. Wenn ich noch Gold hätte, hätt' ich sehr schnell gesagt, wo es ist. Aber ich habe keins mehr. Sie haben alles genommen, und sie glauben es mir nicht. Wenn sie mich morgen wieder holen, schlag' ich den Wächter, damit er mich erschießt ..."

Nacheinander kommen die anderen beiden zurück. Genauso geschunden. Dasselbe ‚Delikt': Gold.

Es gibt aber danach durchaus auch noch andere Anklagen, für die man Geständnisse unterschrieben haben will: Propaganda und Agitation gegen den Staat, Appell zur Untergrabung und Schwächung oder gar zum Sturz der Sowjetmacht. Verbreitung von Literatur solchen Inhalts. Oder aber Festhalten an der Religion.

Überall prangen Plakate: Religion ist Opium für das Volk. Sollten sie Gottfried danach fragen, wird er frei bekennen, dass er Mennonit ist. Standhaft sein, darauf kommt es schließlich an. Er hat schon oft gehört, dies beeindrucke auch schlimme Richter.

Als er dann geholt wird, ist sein ganzes Denken Gebet. Was werden sie genau wissen wollen? „Herr, gib mir die rechten Antworten in den Mund!"

Dann ist es so weit: „Was hast du uns zu sagen? Was zu bieten?"

„Bieten?"

Ein hämisches Lachen. Oh, er ist doch ein Kulak, ein hässlicher deutscher noch dazu. Er wird sich doch nicht ohne Gold und Wertsachen auf den Weg gemacht haben?!

„Keine Ausflüchte! Sonst helfen wir dem Gedächtnis ein bisschen auf ..."

Als er wieder in die Zelle gestoßen wird, ist er keines Wortes fähig. Die anderen fragen auch nicht mehr, sie wissen inzwischen genug, was da geschieht, um Aussagen – seien sie noch so absurd – zu erpressen.

Aber: es hören oder dann am eigenen Leibe spüren, sind zwei verschiedene Dinge. Gottfried wird, wenn er jemals lebend wieder frei werden sollte, niemand, keinem Menschen – den Angehörigen erst recht nicht – erzählen, was sie mit ihm gemacht haben. Um Gold!! Er ist vom Himmel in die Hölle gestürzt: gestern noch die Aussicht, aus dem Land des Grauens zu entkommen – heute in den Klauen der Staatssicherheit. Aber mit diesem einen Tag ist es nicht vorbei.

So genannte Verpflegung wird ihnen gebracht. Gesalzener Hering und hundert Gramm Brot. Sie essen, weil sie zwei Tage nichts bekommen haben. Aber es gibt nichts zu trinken, den ganzen Tag, die ganze Nacht. Durst ist die Hölle!

Die Wächter zeigen Wassergläser zur Tür herein: „Ein Glas für ein Goldstück, überlegt's euch!"

*

Zur selben Zeit ist ein Schiff Spielball der Wogen im Atlantik, und der Sturm wird die „Regina" wohl beuteln, bis sie im New Yorker Hafen anlegt. Die Wetterprognosen für den Monat April sind dieses Jahr viel ungünstiger als normalerweise im Frühjahr. Deshalb wird die Überfahrt auch mindestens fünf Tage länger als gewöhnlich dauern, heißt es. Aber den meisten Passagieren geht es so schlecht, dass sie gar nicht mehr danach fragen. Manche bezweifeln, ob sie jemals wieder Land sehen.

Martin Neufeld versucht das zerwühlte Lager von Hanna, die nach einem neuen Angstausbruch erschöpft in unruhigen Schlaf gefallen ist, ein wenig zu richten. Dann geht er zum Vater. Ein Medikament hält ihn in einem Dämmerzustand. Trotzdem meint Martin manchmal, dass er die Pflege bald nicht mehr bewältigen kann. Der alte Mann liegt steif und schwer in der Koje, der Sohn kann ihn kaum noch anheben. Die Windeln zu wechseln kostet unendlich viel Kraft. Doch er muss es schaffen. Bald wird der Arzt nämlich wieder kommen, er schaut mehrmals am Tage herein.

Ach, wenn sie doch etwas später hätten aufbrechen können, dann wäre die See vielleicht ruhiger gewesen! Aber sie hatten keine Wahl. Vielmehr mussten sie froh sein, überhaupt auf das Schiff zu gelangen.

Erst waren sie glücklich, in Moskau die Ausreisevisa rasch erhalten zu haben. Als erster Transport der Auswanderer erreichten sie den Grenzbahnhof Eydkuhnen in Ostpreußen.

Dort fand zunächst große Entlausung statt. Danach brachte man sie zum Lager Waldau, fünfzehn Kilometer von Königsberg entfernt. Während viele sich auf den Winter einrichteten, waren sie, die sie die Adresse der Verwandten in Amerika angeben konnten, wiederum die Ersten, die es verließen. Mit der Bahn ging es nach Bremerhaven und dort auf das erstbeste Schiff, eben die „Regina". Sie hatten genügend Geld für eine eigene Dreierkabine, deshalb bleibt ihnen wenigstens das Massenlogis erspart. Trotzdem ist es unter diesen Umständen natürlich alles andere als eine Luxusreise.

Der extreme Seegang macht vor allem Hanna zu schaffen, sie bäumt sich manchmal wild auf und schreit, dann ist sie wieder vollkommen apathisch. Das bedeutet für Martin, er hat sich ganz allein um den Vater zu kümmern und kommt kaum einmal selbst zur Ruhe.

Ja, wenn Gottfried und Franzi mit hier wären! Sie hatten sich zu gleicher Zeit wie die Eltern mit in die USA-Liste eingetragen. Trotzdem wurden sie getrennt, haben sich seit der Antragstellung nicht mehr gesehen. Ihre Visa lagen da, Martin hat sie gesehen. Sie mussten jedoch persönlich abgeholt werden. Erst waren die Eltern gewiss, die junge Familie im Zug zu treffen. Aber sie mussten eben den nächsten nehmen und damit auch das nächste Schiff.

Wahrscheinlich haben die Kinder durch den späteren Aufbruch eine ruhigere Überfahrt, hofft Martin. Er sehnt das Ende der Reise händeringend herbei. Seinem Bruder Simon hat er über Telegraf bereits Bescheid gegeben, damit er sie abholt. Vielleicht kommt auch Onkel Lukas, Vaters Bruder, gleich mit? Jahrelang hat er förmlich gebettelt, Jakob solle doch kommen. Der stellte sich taub. Und nun? Nun weiß er nicht mehr, wer er ist, er spricht nicht, reagiert nicht. Wie wird es sein, wenn Lukas ihm gegenübersteht? Aber vielleicht erreicht er Amerika ja gar nicht mehr ...?

Als Doktor Jansen kommt, horcht er Hanna ab und fühlt ihren Puls. Er findet beruhigende Worte für sie und macht Martin Mut, hält ihm einen Kalender vor, wie bald man nun endlich das Ziel erreichen wird. Der Arzt kann sich selten Zeit nehmen, über anderes als die Gebrechen und deren Behandlung zu reden. Er ist aber auch Psychologe und spürt, dass Martin Zuwendung braucht, wenn er durchhalten soll.

Er fragt: „War es so schlimm in Russland, dass Ihr nicht bleiben konntet? Ihr seid doch Lehrer, nicht wahr?"

„Ja, aber nicht geeignet, Kommunismus zu lehren. Alles andere war Nebensache und nicht gefragt. Doch auch als Bauer auf dem väterlichen Hof gab es keine Zukunft mehr. Die Enteignung und der Abtransport in einen Kolchos oder die Verschleppung nach Sibirien stand uns unmittelbar bevor. Wir galten als ‚Kulaken', als Reiche, jedenfalls im Vergleich zu den Russen. Vor ein paar Jahren wurden wir Lehrer noch geschult, wie die einzelnen Schritte zur ‚sozialistischen Neuordnung' aussehen. Dabei ließ man uns nicht im Unklaren, dass wir Zeitgenossen höchstens für den Übergang nütze seien. Die Sicherheit des Systems sei erst gewährleistet, wenn eine ganz neue Art Einwohner, nämlich der ‚sowjetische Mensch' geschaffen, also erzogen worden sei. Wie der aussehen soll? Nun, ein genormter Roboter. Unsere christlichen Schulen und die Kirchen waren dazu natürlich nicht geeignet, sie wurden längst geschlossen ... Viel früher hätten wir gehen sollen – so wie mein Bruder und der Onkel, zu denen wir jetzt wollen. Dann wäre uns manches erspart geblieben."

„Wie gut aber, dass es euch jetzt noch gelungen ist zu entkommen. Ich wünsche euch das Allerbeste für das Leben in Amerika."

„Danke, Doktor Jansen. Auch dafür, dass Sie Zeit hatten für ein paar Worte. Ihr wisst, ich führe sonst seit langem nur Selbstgespräche."

„Sobald wir im Hafen sind, ist Ihre Frau wieder wohlauf. Nur nicht unterkriegen lassen!"

IX

Franzi Neufeld landet im Kolchos „Rotes Banner", in Prowilsk, nicht weit von Konstantinowka, wo der Zug sie zusammen mit den in Moskau Abgewiesenen ausspie. Die letzten Tage waren ein Albtraum. Gottfried und sie hatten ihr Visum noch als fast Letzte bekommen. Sie holten ihr Gepäck und eilten zum Bahnhof, wo ein Zug Richtung Ostpreußen, völlig überfüllt, schon abgefahren war. Der nächste sollte bereitgestellt werden. Mit ihnen warteten noch viele. Die Eltern waren nicht darunter. Keine Frage, sie wurden mit Großvater im Rollstuhl wieder als Erste verfrachtet. Während Gottfried kurz wegging, um nach Informationen auszuschauen, blieb sie mit Philipp inmitten des ganzen Gepäcks stehen. Plötzlich sah sie Milizionäre, die Müttern ihre kleinen Kinder wegrissen und fortrannten.

Die Frauen schreiend hinterher. Da stand auch schon einer hinter ihr, packte den Jungen und stürmte davon.

„Philipp", schrie sie, „halt, halt!", und folgte dem Mann. Er lief auf den Bahnsteig, wo ein Zug Richtung Süden stand, schon abfahrbereit, um auf Geheiß des Kreml die Lästigen schnellstens loszuwerden. Türen wurden aufgerissen, die entführten Kinder hineingestopft. Natürlich stürzten die Mütter hinterdrein. Sie wollten die Kleinen packen und mit ihnen zurücklaufen, doch die Uniformierten hinderten sie daran.

„He, wir haben doch Visa", schrien die Frauen. Die Miliz grinste nur. Das war der Moment, als Gottfried kam ...

Franzi war verzweifelt. Sie sah, dass sie ihn festnahmen. Aber sicherlich nur, bis der Zug fort war. Er würde nun bestimmt nachkommen, ja, er musste sich ja um das Gepäck kümmern. Sollte sie unterwegs aussteigen, versuchen, wieder nach Moskau zu kommen? Sie war dazu entschlossen, doch der Zug fuhr Stunden um Stunden und hielt nirgendwo. Nun konnte sie nur hoffen, dass ihr Mann sie hier wieder findet. Wo denn – hier? Doch in Ohrloff. Deshalb machte sie sich von Konstantinowka dorthin auf. Ein beschwerlicher Weg.

Franzis einziges Gepäck war der kleine Rucksack, den sie glücklicherweise auf dem Rücken gehabt hatte. Auf den Armen trug sie das Kind. Philipp gab ihr Kraft, durchzuhalten. Sie stillte ihn immer noch, obwohl er schon ein Jahr alt war und Zähnchen hatte. Doch er wurde kaum noch satt. Wie auch, wenn die Mutter nichts zu essen hatte!

Die Kolchose lag am Wege, und sie ging in das erstbeste Haus, um ein Stück Brot zu erbitten. Eine freundliche Frau öffnete, und – sprach deutsch. Die Familie stammte aus dem Dnjepr-Gebiet, und nachdem ihr Gut enteignet wurde, hatte man sie hierher gebracht.

„Wollt ihr wirklich nach Ohrloff?", fragte sie. „Von dort kam grade keine gute Kunde. Alle Männer wurden eines Nachts zusammengetrieben und abtransportiert. Frauen und Kinder sind in teilweise weit entfernte Kolchosen gebracht worden. Häuser und Höfe gehören dem Staat, kein Eigentümer darf sie mehr betreten. Das gleiche Schicksal, wie es uns getroffen hat."

Franzi weinte. Da nahm sie die andere Frau – sie hieß Marina – mit ins Haus. Am Abend kam ihr Mann Rudolf heim und ging zum Vorsitzenden.

„Du kannst hier bleiben und arbeiten, Franzi", brachte er Bescheid, „aber Geld bekommen wir nicht, nur etwas zu essen."

Sie bedankte sich. „Aber was wird mit Philipp?", fragte sie zaghaft.

„Ja, richtig. Da müsstest du dir keine Sorgen machen. Wir haben mehrere Kleinkinder, die werden immer von einer der Mütter betreut, während die anderen arbeiten ..."

Franzi dankte Rudolf und Marina und dankte Gott für diese Führung. Das war Ende November.

Nun geht die Zeit dahin. Die anderen Kolchosleute fragen nicht viel, und sie würde ohnehin nicht sagen, um was ihre Gedanken ständig kreisen. Das wäre vielleicht gefährlich.

Nach Wochen erscheint es dann zwar aussichtslos, doch sie

hofft weiter jeden Morgen neu, etwas von Gottfried zu hören. Marina betet gemeinsam mit ihr dafür. Bald kommt für die beiden ein anderes Anliegen hinzu, das sie dringend vor Gott bringen müssen: Marinas sechzehnjähriger Neffe aus Ohrloff, Reinhard Lenz, ist bei der Massendeportation vor einigen Wochen auch mit verhaftet worden. Später ist er ausgerissen und einige Zeit draußen herumgeirrt. Jetzt hat er sich getraut, bei der Tante Unterschlupf zu suchen.

Franzi kennt ihn, nur hat sie nicht gewusst, dass seine Mutter Marinas Schwester ist. Ein großer Junge, blond, mit braunen Augen, intelligent und aufgeschlossen. Durch ihn erfahren sie genauer, was sich an jenem schwarzen Tag in Ohrloff abgespielt hat:

„In aller Frühe wurde das ganze Dorf von Parteileuten, die extra dazu abkommandiert waren, von Miliz und der Geheimpolizei besetzt. Zu jedem Haus, jedem Hof, dessen Familien zur Vertreibung bestimmt waren – und das waren alle, weil ja das ganze Dorf deutschstämmig ist – wurde ein Trupp geschickt. Alle Männer und wir Jungen ab sechzehn wurden verhaftet und eingesperrt. Wir hörten noch, dass die Frauen und Kinder Befehl bekamen, jeder ein Bündel zu packen. Vater gab Mutter einen Wink, sie versuchte mich zurückzuholen, ich sei doch grade erst sechzehn. Aber sie lachten nur, meinten, ich tauge schon zum Arbeiten.

Am nächsten Morgen wurden wir auf Pferdewagen verladen und abtransportiert, rechts und links berittene Wachen. Niemand sagte uns, wohin es ging. Schließlich wurden wir sortiert.

Die Kräftigsten fuhren sie, wie wir später hörten, zu einem Bahnhof und verschleppten sie in den hohen Norden. Vater, der seit seinem Unfall lahm geht, sagte jetzt: glücklicherweise hinke ich. So blieben wir wenigstens zusammen und wurden in ein entferntes ärmliches Russendorf gebracht, dessen Häuser alle leer standen. Es gab dort nur einen einzigen Brunnen, dafür aber reichlich Wanzen, die wir bis dahin gar nicht kannten. Eine entsetzliche Plage!

Erst am nächsten Tag kamen die Mütter mit den kleineren Kindern nach. Was sie in der verzweifelten Aufregung und Eile zusammengepackt hatten, war nicht grade das Nützlichste.

Wir zwanzig Jungen wurden bald wieder auf Wagen verfrachtet und in die Stadt gebracht. Wir hausten in Baracken, und jeden Morgen mussten wir in aller Frühe zur Arbeit. Wegebau. Eine Landstraße sollte entstehen. Mit Karren transportierten wir Steine, schufteten zwölf Stunden von sieben bis sieben. Mittags gab es ein bisschen Haferbrei, abends ein Stück Brot.

Die Eltern sind inzwischen in ein deutsches Dorf gezogen. Ich musste mich heimlich davonmachen. Sie wollen mich so bald wie möglich holen.

Etwas muss ich noch erzählen. Einen einzigen Mann haben sie nicht mitgenommen: Heinrich Dyck, unseren Prediger. Es gibt nur eine Erklärung dafür: Er hat für die Geheimpolizei gearbeitet, ihnen Informationen über uns geliefert. Als viele nach Moskau zogen, um noch auszuwandern, war er eine Zeit lang verschwunden, dann plötzlich wieder da. Auf die Frage, wo er so lange war, gab er keine Antwort. Als die Frauen abtransportiert wurden, hat einer von den Wachen ihn aus dem Haus geholt und ihm die Hand gegeben: ‚Danke, du warst ein guter Mitarbeiter.' – ‚Du lügst!', hat Dyck erwidert. – ‚Na, vor den Leuten willst du es natürlich nicht zugeben, klar!'

Zu den Frauen hat der Wachmann gesagt: ‚Spuckt vor ihm aus!' Nur wenige haben es getan. Aber wie entsetzt sie ihn angesehen haben, könnt ihr euch denken ..."

*

Ruth Cornies lebt mit ihren drei Kindern im Hause der Freunde, die sie damals aufgenommen hatten, als sie das väterliche Gut in weiser Voraussicht verließen. Sonst wären sie ja schon mit den Eltern „entkulakisiert" worden. Als sie zurückkam – es ist inzwischen drei Monate her – traf sie die Bekannten nicht mehr an, sie waren sicherlich auch nach Moskau aufgebrochen und hatten wahrscheinlich mehr Glück gehabt als sie.

Das Haus stand also frei. Der Staat hat erstaunlicherweise bis heute seine Hand noch nicht darauf gelegt. Wie es weitergeht, bleibt abzuwarten. Auf jeden Fall haben sie zunächst ein schützendes Dach über dem Kopf.

Weil Ruth im Hause Bescheid weiß, findet sie versteckte Lebensmittel. Sie entnimmt stets nur, was sie täglich braucht. Man muss mit unverhofftem Besuch rechnen, da ist es ratsam, wenn verborgen liegt, was niemand zu sehen braucht. Sie kann sich dem hiesigen Kolchos anschließen, und für die Arbeit erhält sie Mehl und Kartoffeln. So können sie immerhin leben.

Sorge machen ihr die Kinder. Müßiggang bringt sie womöglich auf dumme Gedanken, und sie dürfen um keinen Preis auffallen. Eine Schule gibt es augenblicklich nicht am Ort. Aber im Regal ihrer Stube stehen noch die Schulbücher von Barbara und Michael, so wie die sie hinterlassen haben.

Ruth tut sich mit anderen Eltern zusammen, sie engagieren einen alten Lehrer, der Unterricht gibt. Das wird nur so lange gut gehen, bis ein Kommunist daran Anstoß nimmt. Aber sie leben ohnehin nur von einem Tag zum anderen.

Natürlich ist ein Gedanke ständig da: Wo ist Wilhelm mit seinen Eltern geblieben? Sind sie von Moskau fortgekommen und haben ein Schiff erreicht – immer in der Hoffnung, Ruth und die Kinder seien schon voraus? Sie hat schon versucht, Leute zu fragen, die von Moskau zurücktransportiert wurden. Manche kannten den Namen Cornies gar nicht. Sie stammten aus einer ganz anderen Gegend und waren einfach nach Irgendwo gebracht worden. Jetzt fehlte ihnen Geld, um wieder das einstige Zuhause zu erreichen. Wer weiß auch, was dort inzwischen los ist! Ein paar Leute fand sie, die Wilhelm und die Eltern kennen, aber niemand hatte sie gesehen.

„Werden sie uns finden?“, fragt Barbara.

„Sie werden uns jedenfalls hier suchen, wo sonst?“

„Sie kommen bestimmt noch.“ Johannes schmiegt sich an die Mutter.

„Ganz bestimmt!“

*

In der Schmiede in Halbstadt gab es Ende November vorigen Jahres erregte Debatten, als die Eltern Debora um jeden Preis überreden wollten, ohne sie noch nach Moskau und dann mit Daniel nach Amerika zu gehen. Es bestand keine Aussicht, dass die kranke Mutter bald reisefähig sein würde.

„Wir kommen so bald wie möglich nach", versicherte sie immer wieder. Doch die Tochter bestand darauf zu bleiben: „Ich kann warten und dann gemeinsam mit euch gehen."

Inzwischen kamen aber Nachrichten, dass die Aktion abgebrochen sei und viele zurückkommen mussten. Daniel schien dagegen mit fort zu sein, sonst hätte er sich inzwischen gemeldet. So blieb nur Hoffnung auf später, vielleicht würde sich nochmals eine Möglichkeit bieten.

Die Lage für die Deutschstämmigen verschlechterte sich immer mehr. So waren die Reimers' nicht die Einzigen mit der Hoffnung und Absicht, noch wegzugehen. Die Stadtführung wusste von solchen Auswanderungsplänen. Deshalb schickte sie am 15. April ihre Leute zu jenen Familien mit der Aufforderung, rasch ein Bündel zu packen und sich reisefertig zu machen.

Erstaunen, ungläubige Nachfrage – aber es wird bekräftigt: „Ja ja, ihr reist noch heute ..."

Doch der Zug fährt nicht nach Moskau, sondern Richtung Osten. Bald ahnen es manche, dann wissen sie es, und die Posten im Zug bestätigen es auch. Sie werden deportiert. Es geht nach Sibirien. Das Schlimmste: nach zwei Tagen müssen sie aussteigen und sich aufstellen. Dann werden sie sortiert: „alt, krank und schwach" auf der einen Seite und „kräftig, zu schwerer Arbeit fähig" auf der anderen. Es gibt aber auch noch den Status „zu besonderer Verwendung". Da geht es nach Berufen. Der Schmied ist dabei. So werden alle drei getrennt, und dieses Leid trifft viele Familien.

„Mutter, ich muss doch für dich sorgen", schluchzt Debora.

Mutter nimmt sie in die Arme: „Nun kannst du's nicht mehr. Ach, wärst du doch ..." Da werden sie brutal auseinander gerissen.

*

Peter Krüger und Elisa haben sich nicht widersetzt, als ihnen in Moskau ein Zug angewiesen wurde. Peter hatte noch mit Entsetzen wahrgenommen, dass Gottfried Neufeld seine Fäuste und Ellbogen gebrauchte, schließlich aber doch bezwungen wurde.

„Wenn ich nur wüsste, wo die Jungen sind“, jammert er.

„Ich habe sie nirgendwo mehr gesehen.“ Auch Elisa ist ratlos.

„Wer weiß, in welche Richtung sie gebracht werden. Hoffentlich wehren sie sich nicht! Wie ich hörte, schickt man Leute in alle Richtungen, Ukrainer nach Sibirien und umgekehrt, viele Deutsche wollen in die Wolgarepublik, weil sie meinen, dass dort für sie bessere Bedingungen herrschen.“

„Aber ob man sie gerade dorthin bringt?“

„Ich wüsste die Jungen so gern in unserer Nähe, damit man sie öfter einmal ermahnen kann!“

„Peter, sie sind über zwanzig, du kannst sie nicht mehr wie Kinder gängeln.“

„Ach, so nennst du das? Ich – und du auch – werden einmal für ihr Seelenheil zur Verantwortung gezogen.“

Während sie diese Gespräche führen, ahnen sie nicht, dass auch sie selbst nicht mehr lange beieinander sein werden. Kaum wieder in Ohrloff angekommen, reißt die Deportation sie mit fort.

Elisa lebt in der Verbannung in der Nähe des Baikalsees. Sie arbeitet in einer Fischfabrik – sechzehn Stunden am Tag, stehend, mit einer Stunde Mittagspause bei dünner Fischsuppe. Sie weiß nicht, wo Peter ist, und er kennt ihren Aufenthaltsort nicht. Aber sie weiß, dass seine Gedanken jeden Tag die gleichen sind wie ihre: Wo sind Hannes und Heiner? Hinter Stacheldraht? Wie hart müssen sie schuften?

O Gott, warum hast du uns solch ein Leben auferlegt!

*

Ein paar Frauen aus Ohrloff sind ins Grenzgebiet zu Kasachstan verbannt. Sie arbeiten im Wolenskij Kolchos. Im zeitigen Frühjahr werden sie zum Steinelesen aufs Feld geschickt. Eine schreit plötzlich auf. Im Randgraben liegt eine Leiche. Sie ist noch nicht verwest, offenbar ist der Mann in den letzten Frostnächten erfroren.

„Kann das sein? Das ist doch Heinrich Dyck! Kein Zweifel ..."

Das letzte Mal haben sie ihn gesehen, als sie mit dem Lastwagen abtransportiert wurden. Er war der Einzige, der verschont wurde. Warum wohl? Sie haben bis heute nicht vergessen, dass der GPU-Mann ihn extra aus dem Haus holte und sich für die Mitarbeit bedankte. ‚Du lügst', hat er erwidert. Aber das kann jeder sagen. Ihr Entsetzen war unbeschreiblich.

„Jetzt hat Gott ihn gestraft für seine Hinterhältigkeit!", sagt Berta Gröbe, und zwei, drei stimmen zu. Eine muss es noch bekräftigen: „Ja, wer hätte von ihm gedacht, dass er für den Geheimdienst arbeitet! Als Prediger! Hirte der Gemeinde!"

„Glaubst du es wirklich?", will eine Alte wissen.

„Warum hätten sie ihn sonst verschont?"

Der Aufseher kommt. Ein Roter, der nur für die Partei lebt.

„Was steht ihr da herum? Los, an die Arbeit!"

„Hier liegt eine Leiche."

„Ihr habt wohl Mitleid? Kennt ihr den Mann etwa?"

„Ja, es ist der Ohrloffer Prediger. Aber Mitleid?"

„Warum nicht?"

Schweigen.

„Hieß er Dyck? Ja? Dann ist es der, mit dem wir Genossen die meisten Scherereien hatten. Er wusste bestimmt viel von jedem Einzelnen. Aber er lehnte jegliche Aussage, jegliche Mitarbeit ab, obwohl wir nicht zimperlich waren. Weigerte sich auch noch, als wir Schlimmeres androhten. Damit er sich nicht aus dem Staube machen konnte, haben wir ihn bei uns behalten, als so viele nach Moskau fuhren.

Und ihr habt ihn verachtet! Ha! Unsere Strafe für seinen Starrsinn war also die richtige – so hatte er sie sich nicht vorgestellt. Aber ihr bestätigt ja, sie hat gewirkt. Seht ihr, so macht man das ... Was starrt ihr mich so blöd an? An die Arbeit, habe ich gesagt!“

Die Frauen reden lange kein Wort, keine schaut die andere an. Bis die Alte sagt: „Ich habe manchmal gedacht: So oft kann er doch nicht hinstürzen, dass er immer wieder derart zerschunden aussieht! – Wenn wir ihn doch um Vergebung bitten könnten!“

„Zu spät!“

X

Ende April 1930. Strömender Regen, als die „Regina“ den New Yorker Hafen erreicht und in Ellis Island, der Quarantäne-Insel, anlegt. Dort finden für Einwanderer Gesundheitskontrollen statt, die Papiere werden geprüft und die Weiterreise organisiert Die Passagiere atmen auf, die Folter ist vorüber!

Hanna Neufeld erholt sich rasch. „Aber du bekommst mich nie wieder auf ein Schiff“, schwört sie Martin.

„Keine Angst!“, zieht er sie liebevoll an sich, „wir sind jetzt da, wo wir bleiben wollen.“

Einige Tage später bekommen sie Nachricht aus dem Büro: Simon ist schon in der Stadt, er wird sie heute abholen. In ungefähr zwei, drei Stunden.

Welche Spannung! Sie haben sich seit fünfundzwanzig Jahren nicht gesehen. Hanna wird sich zunächst im Hintergrund halten. Die Brüder stehen sich dann mit klopfenden Herzen gegenüber, für einen Augenblick scheint ihr Atem zu stocken. Danach fallen sie sich in die Arme und verharren minutenlang, jeder den Kopf auf der Schulter des anderen. Niemand soll beobachten, wie bewegt sie sind. Doch mit diesen Augenblicken ist auch die Vertrautheit von früher wieder da, als wären sie nicht getrennt gewesen.

Martin fühlt sich ungemein erleichtert. Ihm wird jetzt erst bewusst, welche Last auf seiner Seele lag. Zum einen war ihm doch ein wenig bange gewesen vor dem Wiedersehen. Das andere: Er ist nicht mehr allein verantwortlich. Der Bruder sorgt jetzt mit für Vater Jakob – und auch für alles, was zur Weiterreise nötig ist.

Simon heißt Hanna ebenso herzlich willkommen und bestellt Grüße von Rahel, seiner Frau, und von den Kindern. Dann beugt er sich über den Rollstuhl: „Vater, du bist jetzt hier zu Hause!“

Er betrachtet ihn wehmütig, bemüht, sich das nicht anmerken zu lassen. Ob er nicht wenigstens fühlt, wie er aufgenommen wird? Doch er reagiert weder mit einem Blick noch mit der leisesten Bewegung seiner Gesichtszüge.

„Onkel Lukas wollte hierher nicht mitkommen“, sagt er zu Martin und Hanna gewandt, „und das war offenbar richtig. Er meinte, die Begegnung zwischen ihnen beiden darf kein Schauspiel werden, sie gehört ins stille Kämmerlein.“

„Vielleicht begleitet er uns, wenn wir Gottfried mit Franzi und Philipp abholen“, sagt Hanna.

„Mit welchem Schiff kommen sie?“, fragt Simon.

„Das wissen wir nicht. Auch nicht, wann es sein wird. Aber sicherlich bald.“

Simon wollte etwas erwidern, schweigt aber lieber. Er ist schon zwei Tage hier und hat inzwischen die Passagierlisten der nächsten Schiffe aus Bremerhaven mit Kurs auf New York einsehen lassen. Da war der Name Neufeld nicht vertreten.

Harry Sailer, dem sie damals 1905 auf abenteuerliche Weise wieder zur Heimreise verhelfen mussten, bekommt als Journalist oft Informationen, ehe sie anderweit bekannt werden. Obwohl die Russen so viel wie möglich geheim halten, was im Lande geschieht, finden doch die wichtigsten Nachrichten einen Weg nach draußen. So berichtete Harry, die Ausreisebewilligungen seien rigoros gestoppt worden. Etwa sechstausend wurden ausgegeben, aber die Achttausend die noch darauf warteten, seien zum Teil verhaftet, zum Teil zwangsweise nach Osten und Norden deportiert worden ... Darüber zu reden, ist jedoch verfrüht. Es muss ja nicht stimmen.

„Wir bekommen sicherlich Nachricht, sobald sie auf dem Weg sind ...“, sagt Martin.

„Ja, natürlich. Ganz gewiss.“

Als sie die Insel verlassen und die Fähre besteigen, kommen zwei junge Männer auf Simon zu. Durch seine Kleidung ist er eindeutig als Amerikaner erkennbar. Die meisten Einwanderer sind auch gut angezogen, aber der Stil ist ganz anders.

„Entschuldigung, Ihr wisst doch Bescheid hier. Könnt Ihr

uns helfen? Wie erreichen wir Kansas, oder genauer gesagt Gnadenfeld?"

„Aus welchem Grund ist das euer Ziel?"

„Wir sind aus Ohrloff in der Molotschna, und in Kansas haben sich schon früher Leute aus unserem Dorf angesiedelt. Da hoffen wir für den Anfang eine Bleibe und Arbeit zu finden. – Kennt Ihr diesen Landstrich? Oder wo seid Ihr her?"

„Genau aus Gnadenfeld."

Martin, der ein paar Schritte voraus ist, dreht sich ruckartig um. Erstaunt sieht er sich Heiner und Hannes Krüger gegenüber. Er schüttelt den Kopf, als könne er es nicht glauben.

„Heiner, du? Und Hannes? Wann seid ihr denn angekommen?"

„Vor einer Woche. Mit der Regina."

„Wie kann es sein, dass wir uns da nie begegnet sind?"

„Vielleicht, weil ihr die Kabine gar nicht verlassen habt wie die meisten Leute?"

„Aber in Bremerhaven? Und wo sind eure Eltern?", will Hanna wissen.

„Sie mussten noch auf die Visa warten. Wir sind ohne diese Papierchen aufs Schiff gelangt, haben einfach angeheuert als Heizer, auch weil wir ja kein Geld hatten. Es war die Hölle, aber wir sind da."

„Es sind die Söhne von Peter und Elisa Krüger", erläutert Martin dem Bruder. „Du kannst sie nicht kennen, sie sind gerade erst um die Zwanzig ..."

Ehe er weiterreden kann, zeigt Hannes zum Fährsteg: „Ich glaube, da will noch einer nach Gnadenfeld – unseres Vaters Vetter Daniel. Dort kommt er."

„Daniel Krüger? Was werden wir heute noch alles erleben! Nicht zu fassen!" Und als sie sich erfreut begrüßen, sagt er: „Daniel, du warst zehn oder elf, als wir fortgingen. Mein Dietrich und Matthias Wiebe waren deine Freunde und haben sich schwer von dir und Martins Gottfried getrennt. Sobald der noch eintrifft, ist das ‚Vierblättrige' wieder beisammen ... Hoffentlich kommen Gottfried und seine

Familie bald, damit wir daheim mit dem Feiern nicht zu lange warten müssen!"

*

Gnadenfeld ist „aus dem Häuschen". Sechs Leute aus der alten Heimat sind auf dem Wege in ihr Dorf! Simon hat von unterwegs Bescheid gegeben, dass sie heute eintreffen.

Die Wiebes schauen bei den Neufelds ein, ob es vielleicht noch etwas vorzubereiten, zu helfen gäbe. Als Matthias von Dietrich erfährt, dass Daniel Krüger auch dabei ist, knobeln sie, wer ihn aufnimmt. Dietrich ist der Sieger.

„Gut, dann nehme ich die Söhne von Peter erst einmal zu mir", meint Matthias.

Als sie ankommen, hat sich eine ganze Schar auf Simons Hof zur Begrüßung eingefunden. Die Höppners und Penners, Julius Martens und Johann Bartsch, alle die sich 1905 auf den Weg machten, sind mitsamt ihren Familien da. Die Nachkommen, die Ohrloff nur vom verklärten Erzählen her kennen, platzen vor Neugier. Der Jubel wird allerdings gedämpft durch Lukas Neufelds Tränen, als der seinen Bruder sieht. Jakob, dieses Mitleid erregende Wrack eines Menschen, ist noch ein Jahr jünger als Lukas, den niemand für siebenundachtzig hält, kraftvoll und forsch wie er auftritt, geistig rege. Er geht rasch ins Haus, und Simon schiebt den Rollstuhl hinein. Wie er gesagt hat: Dieses Wiedersehen braucht keine Zeugen.

Martin und Hanna haben später auch Wasser in den Augen, aber es sind Freudentränen – Tränen der Dankbarkeit gegen die Verwandten und nicht zuletzt gegen Gott. Ein nagelneues Haus, das für sie in unmittelbarer Nachbarschaft bereitsteht, groß genug auch für die Kinder, bis sie sich selbst eins bauen werden. Dass sie nicht zusammen mit ihnen angekommen sind, bleibt ein Dämpfer. Aber Rahel führt sie so liebevoll herum, zeigt ihnen kleine Besonderheiten, die sie sich ausgedacht hat, dass sie ganz überwältigt sind und ihre Sorge erst einmal vergessen.

Am Abend ruft Lukas seinen Schwiegersohn Harry Sailer an: „Komm bald her, sie sind da und haben viel zu erzählen. Das wird nicht nur ein Bericht für deine Zeitung."

„Was ich kaum erwarten kann: deinen Bruder endlich zu sehen, den du die ganzen Jahre herbeigesehnt hast und den ich damals holen sollte! Er sieht dir sehr ähnlich, hast du gesagt ..."

„Diesen Jakob gibt es nicht mehr. Komm her, schau selbst – und du wirst mit mir weinen."

*

Der nächste Tag bringt strahlendes Frühlingswetter, und weil sich die Weitgereisten schon ausgeruht fühlen, kommen sie mit den Gnadenfelder Familien im Garten zusammen.

„Hier können wir wieder ohne Angst deutsch sprechen", sagt Hanna. „In Russland war es in letzter Zeit bei Strafe verboten."

„Wer kann vorschreiben, wie man zu sprechen hat?", fragt einer von Dietrichs Jungen ungläubig. Er sitzt dicht neben Daniel, schaut zu ihm auf. „Wir sprechen in der Schule englisch, klar, aber zu Hause so wie die Eltern."

„Bei uns wurde überwacht, was jeder sagt. Verstehen die Russen auch nur ein Wort nicht, sind sie sofort misstrauisch, wir wollten womöglich einen Aufstand anzetteln."

„Wolltet ihr?"

Daniel lacht. „Mennoniten – einen Aufstand? Unsere Einstellung haben die Russen, und erst recht die Kommunisten, nie begriffen. Wir wollten nur eins: in Frieden leben. Aber die Deutschen werden von ihren Höfen vertrieben, es soll nur noch eine staatliche, gemeinsame Landwirtschaft geben. Kolchos nennen sie es. Viele unserer Leute wurden aber sogar weit weg in die Verbannung geschickt, in trostlose eisige Einöde, nach Sibirien."

„Sibirien?"

„Ich zeige es euch später auf der Landkarte und erzähle mehr davon. Heute nur so viel, damit ihr versteht, warum wir gerade jetzt fort mussten. Es war die letzte Gelegenheit. Denn wer einmal in der Verbannung ist, hat keine Rechte mehr, schon gar nicht auf ein Visum."

„Wie konntet ihr nur einen Gedanken an Aufstand für möglich halten! Habt ihr die Gewaltlosigkeit in den Gemeinden nicht beibehalten wie eh und je?", fragt Heiner vorsichtig.

„Natürlich. Aber wir hätten auch keinen Anlass, Gewalt anzuwenden. Wir leben frei, niemand befiehlt uns etwas, wogegen wir uns wehren müssten."

„Was würdet ihr tun, wenn eine Bande käme, euch blutig zusammenschlagen und vor euren Augen ausrauben würde? So haben wir es erlebt."

„Uns wollte noch niemand ausrauben ..."

„Dann dankt Gott, dass euch das Einhalten der Regeln so leicht gemacht wird."

„Peter, euer Vater, war stets besonders streng auf alle Gebote bedacht", erinnert sich Simon.

„Ist er noch, und sieht auch bei uns darauf ..."

Hannes kneift den Bruder heimlich in die Hand. „Sag' nicht zu viel!", flüstert er.

Sie müssen erzählen, erzählen und auf hundert Fragen antworten. Daniel ist nicht sehr gesprächig. Seine Gedanken sind in Halbstadt in einem ganz bestimmten Haus. Er sieht Debora vor sich, stellt sich vor, wie sie mit den Eltern nach Moskau gegangen ist und wie es dann weitergeht – oder auch nicht. Hätte er nicht lieber warten sollen? Er fühlt sich schuldig. Und doch wird es gut sein, wenn er schon einiges vorbereitet hat, sobald sie kommen. Damit versucht er sich zu trösten. O Debora, Debora, komm doch! Ohne sie hat das Leben für ihn gar keinen Sinn. Er will hoffen, glauben, dass alles gut wird.

Dietrich und Matthias zeigen ihm am nächsten Tag ihre Anwesen und sagen: „Wir helfen dir, sobald du baust. Eine Frau wirst du rasch finden, die Mädchen haben heute schon die Augen nach dir verdreht. Damit hatte wohl keine gerechnet, dass einer mitkäme, der noch zu haben ist ... Natürlich brauchst du nichts zu übereilen."

Daniel lenkt ab, indem er von jenem Tag erzählt, als 1905 der erste Brief von ihnen beiden ankam und sie von ihren Erlebnissen auf der Reise erzählten. Er wurde sogar in der Schulklasse vorgelesen. Da standen nur schöne Dinge, von Seegang und Sturm zum Beispiel war keine Rede. Am eindrücklichsten war den Kindern die Schilderung der Freiheitsstatue in New York, die sie auf den Brief gemalt hatten.

„Wir haben euch damals beneidet, muss ich zugeben, und ich hätte nicht gedacht, Amerika noch mit eigenen Augen zu sehen. Wisst ihr, wenn ich jetzt heimschreiben würde, gäbe es so viel Gutes und Schönes zu schildern – wie ihr uns aufgenommen habt und dass wir hier wieder eine Zukunft sehen, die es in Russland nicht mehr für uns gab. Die Strapazen der Überfahrt sind schon vergessen."

„Wirst du an jemand schreiben?"

„Sicherlich. Aber ob die Post noch einen Empfänger erreicht, ist ungewiss. Es kamen schon lange keine Briefe mehr an …"

*

Während die einen, die über den Ozean entkommen sind, ihr Glück noch gar nicht recht begreifen und sich mit allem Fremdartigen und Neuen langsam vertraut zu machen versuchen, gibt es bei einer Familie, die den Sprung hinüber nicht geschafft hat, trotzdem ein kleines bisschen Seligkeit.

Eines Abends klopft es spät an Ruths Haustür. Ein Schreck!

Draußen steht ein unbekannter Mann. Er fragt Michael, der öffnet: „Bist du Wilhelm Cornies' Sohn?"

Der Elfjährige schaltet sofort: „Kennst du ihn? Weißt du, wo er ist?"

„Ist deine Mutter zu Hause?", fragt der Fremde dagegen.

„Ich hole sie, ich hole sie …"

Wer beschreibt die Aufregung! Johannes lag schon im Bett, er springt heraus: „Wo ist Papa?"

„Alles der Reihe nach, mein Junge!"

Sie stehen um den Tisch und hören staunend zu. In der Nähe

von Chortitza haben sich Emanuel und Wilhelm Cornies ein kleines, leer stehendes Haus hergerichtet. Sie haben keine Visa mehr erhalten. Nein, niemand bekam mehr eine Ausreisebewilligung, seit der Stopp verfügt wurde.

Die beiden wollten nun auf keinen Fall nach Ohrloff oder dorthin, wo man sie suchen könnte. Immerhin waren die Großeltern in Rosowka in der „Verbannung" gewesen und jeder Parteigenosse würde sich gern Lorbeeren verdienen, wenn er wenigstens den entflohenen Emanuel wiederbrächte.

„Und Großmutter?"

„Sie werden euch selbst erzählen, dass sie gestorben ist."

Weil sie unentdeckt bleiben müssen, darf auch hier niemand erfahren, wohin Ruth und die Kinder gehen. Sie sind morgen einfach nicht mehr da. Der Bote, den Vater schickte, hat einen leichten Wagen mit – alle fünf und einiges Gepäck finden darauf Platz. Im Schutze der Nacht verlassen sie das Dorf. Das Pferd ist stark und schnell.

Wilhelm und der Vater haben sich vorsichtig umgehört, ob Ruth und die Kinder wieder dort sind, wohin sie damals aus Ohrloff gingen. Sie selbst zu holen, wäre unklug gewesen. Nun warten sie voll Unruhe.

Der Mann, den sie mit dem Gespann losschickten, müsste bald zurück sein. Sie werden hier zu sechst Platz haben – nicht üppig, aber es wird gehen. An früher, an das solide Haus, Vaters musterhaften Hof und all das darf man eben nicht denken. Beide sind noch fleißig am Werke, aus herumliegenden, alten Brettern Bettgestelle zu zimmern, als sie draußen einen Wagen anhalten hören. Nachts sind Ruth und die Kinder losgefahren, nachts kommen sie an. Nur nicht auf sich aufmerksam machen!

Der Kutscher macht die Haustür auf und schiebt die Kinder hinein. Johannes, der Kleinste, fliegt als Erster auf den Vater und Barbara auf den Großvater zu. Sie sehen nicht, wie ärmlich es um sie her ist. Nur eins zählt in dieser Stunde: Sie haben sich wieder!

„Wir haben so auf euch gewartet!", sagt Ruth, „auf euch, mit Mutter natürlich . ."

Da erzählt Wilhelm die ganze Odyssee ihres Weges.

Großvater macht sich die ärgsten Vorwürfe, dass er den Gedanken an Auswanderung stets von sich geschoben hat. Was ihm sein Vater und dessen Vater immer wieder als unveräußerbares Erbe aufs Herz legten, ist schließlich die Hinterlassenschaft ihres berühmten Vorfahren Johann Cornies, dessen Namen jeder mit Ehrfurcht nennt. Er war das Genie, das mit seinen Ideen und seiner Tatkraft das ganze Gefüge der deutschen Ansiedlungen aufgebaut und gestaltet hat. Seine Geschichte wurde immer wieder in Einzelheiten erzählt, und jeder gab sie weiter. Emanuel hatte ihn stets bewundert, zumal die Nachkommen zwar intelligent waren, aber keiner Johann gleichkam. Lediglich in der jüngsten Generation schien einer seine Begabung geerbt zu haben, Wilhelms Jüngster nämlich, der sogar nach ihm Johannes heißt. Welche Gedanken er als kleiner Junge schon hat, ist erstaunlich.

Nun, das Festhalten an dem, was der Urahn hinterließ, hat Emanuel in die falsche Richtung gelenkt. Sie alle könnten längst in Amerika in Sicherheit sein. Stattdessen wissen sie jetzt nicht, was ihnen noch bevorsteht, ob sie denn überleben werden. Er fühlt sich bedrückend schuldig. „Gut, dass wir die Zukunft nicht kennen", sinniert er. Er will den ersten Abend nicht damit belasten, dass er von den Ängsten redet, die jeder hat.

Sie arbeiten in einer Werkzeugfabrik. Da fehlt immer wieder mal einer. Wo ist er? Nachts abgeführt, zum Verhör. Meistens auf Nimmerwiederkehr. Oder am Tage wird einer direkt vom Arbeitsplatz weggeholt. Die Angehörigen erfahren es nur durch die Arbeitskollegen. So ist die Angst hier zu jeder Stunde gegenwärtig.

Wenn man sich abends hinlegt, verabschiedet man sich, als wäre es das letzte Mal – für den Fall, in der Nacht donnert es an die Tür und fünf Minuten später ist Abtransport. Geht einer zur Arbeit, weiß man ebenso wenig, ob er wieder heimkommt und die Familie je wieder sieht. Nicht daran denken, nein, heute nicht!

XI

O nein, Sibirien! Zehn Jahre! Nach Westen sollte es gehen, und nun ist Peter Krüger hier gelandet. In Chilok am gleichnamigen Fluss, der ein ganzes Stück parallel zur Transsib fließt. Im Holzfäller-Lager ...

Daheim liebte er den Wald, die Birken, deren Grün den Mai anzeigte, den harzigen Kieferndurft des Brennholzes, das sie für den Winter hereinholten. Jetzt hasst er ihn!

Zwölf, dreizehn Stunden am Tag ist er ihm ausgeliefert – bis zur Erfüllung der Norm von fünf Festmetern. Bei eisiger Kälte. Da heißt es eben schuften, schuften, dann erfriert man nicht. Dass die Arme bald nicht mehr wollen – wer fragt danach!

Am Anfang steht die Fußarbeit. Zuerst muss schließlich um jeden Baum, der zu fällen ist, der Schnee niedergetreten werden. Gut, wenn er nur halbmeterhoch liegt. Trotzdem ist danach die erste Erschöpfungsphase erreicht. Dann das Fällen – mit stumpfer Axt. Knochenarbeit. Schwielen und Blutblasen an den Händen, und ohne Verband geht es weiter.

Liegt der Baum endlich, heißt es, Äste abhacken, die auch im Schnee stecken. Sie sollen verbrannt werden, brennen aber nicht, sondern schwelen nur und verbreiten beißenden Rauch. Dann den Stamm zersägen, mit ungeschärfter Säge. Eine Tortur. Die Blöcke klein hacken. Zum Sammelplatz schleifen. Und das bei Wassersuppe. Was an Verpflegung für die Gefangenen angeliefert wird, schmatzen die Wachposten.

Die Kleidung verschleißt, die Schuhe verlieren die Sohlen. Ersatz gibt es nicht. Peter hat sich früher die Hölle nicht vorzustellen vermocht. Jetzt kennt er sie. Aber er traut sich nicht einmal innerlich zu rebellieren.

Demut üben! Wenn man das irgendwo lernen und praktizieren kann, dann hier.

Zuerst hausten sie in Erdlöchern. Jetzt steht hier eine feste Baracke für die Wachen, ein paar windschiefe für die Lagerinsassen. Immerhin ein paar Pritschen übereinander, aber ohne jegliche Unterlage, nur nackte Bretter.

Ringsum mussten sie zwischen den Bäumen Stacheldraht spannen. Eine Latrine im Freien. Als Waschgelegenheit dient ein schmaler Nebenarm des Chilokflusses, dessen Eis aufgehackt wird. Werden sie je wieder ein menschliches Leben führen? So zerschlagen sie sind, reden sie doch manchmal ein Wort miteinander, um nicht ganz zu verkommen.

Der Wille, die Zeit zu überleben, ist in vielen noch wach. Zehn Jahre Zwangsarbeit lautete das Urteil. Zehn Jahre!

„Weshalb?", wollte Nikita, der auf der Pritsche neben ihm liegt, einmal wissen. Aber er setzte selbst gleich hinzu: „Blöde Frage eigentlich, denn die meisten mussten für etwas unterschreiben, was sie gar nicht getan haben."

„So geht's mir. Und du?"

„Ich sollte zugeben, Ähren körbeweise vom Feld gestohlen zu haben. Vom eigenen Feld!"

„Aber sie hatten dir gesagt, dass es jetzt dem Staat gehört?"

„Ja, der Staat hat es gestohlen. Deshalb habe ich mich gegen die Anklage gewehrt und zweien die Nase zerschlagen, als sie das ‚Geständnis' schließlich erpressen wollten."

„Du hast ...?"

„Ich konnte nicht einsehen, dass ich eine Schuld zugeben sollte, die keine war."

„Aber du darfst niemals Gewalt anwenden, selbst wenn sie dir welche antun."

„Wer sagt denn das? Dich haben sie wohl nicht gezwungen, etwas Erdachtes zuzugeben, bloß weil sie Arbeitstiere rekrutieren wollten?"

„Gezwungen – nun ja. Ich habe mich eben gefügt und das Papier unterschrieben, was sie mir vorlegten."

„Was sollst du denn getan haben?"

„Ich konnte auf die Schnelle nicht lesen, was da stand, denn ich bin noch in eine deutschsprachige Schule gegangen. Einer sagte, er wolle mir Fragen stellen. Doch der andere meinte, mit der Unterschrift sei schon alles erledigt."

„Und du hast nicht wenigstens nach deiner angeblichen Schuld gefragt? Ich wusste, dass ich eine Unwahrheit bestätigen sollte. Und du weißt nicht einmal, was es war? Nimm mir's nicht übel, was bist du denn für einer?"

„Ich bin Mennonit, und versuche ganz nach den Regeln meines Glaubens zu leben. Demut gehört dazu. Aber am meisten ist bei uns verpönt, Gewalt in irgendeiner Form anzuwenden, was uns auch widerfahren möge."

„Mennonit? Oh, da ist bekannt, was man denen immer vorwirft: Volksverhetzung! Darauf stehen die zehn Jahre."

„Vollkommen unsinnig, wozu sollten wir jemand verhetzen? Im Gegenteil! Vielleicht bin ich aber von Gott hierher geschickt, um vielen den rechten Glauben nahe zu bringen."

„Versuch's! Aber ich hab' meinen, bin Katholik. Da kannst du dir die Mühe sparen. Auch gegen Gewalt zu predigen, ist hier witzlos. Bei den Schindern traust du dich sowieso nicht, sie würden dich auch nur auslachen. Und wir können keine Kräfte für Gewaltanwendung vergeuden. Es würde uns außerdem schlecht bekommen. Also lass es sein."

Peter winkt ab. Nikita braucht ihm das nicht zu sagen, er hat es bis jetzt „sein gelassen". Nikita ist der Erste, dem er sich überhaupt als Mennonit zu erkennen gegeben hat. Er versucht es zu rechtfertigen: Da war keiner, der ihm mit seinem Verhalten einen Anstoß gegeben hätte, so Persönliches zu erzählen oder gar einen Gleichgesinnten in ihm zu sehen. Doch eine Entschuldigung ist es nicht, muss er zugeben. Er hat versagt, bestimmt auch bei der Erziehung von Hannes und Heiner.

„Ich mache mir Sorgen um meine Söhne", sagt er. „Sie sind nicht grade Hitzköpfe, aber sie wollen sich auch nichts gefallen lassen."

„Wo sind sie denn?"

„Das weiß ich eben nicht. Du kennst inzwischen meine Geschichte von der geplanten Auswanderung. Die beiden waren uns nach Moskau vorausgegangen, dort fanden wir sie aber nicht und haben seither auch nichts von ihnen gehört."

„Weißt du, wo deine Frau ist?"

Peter schüttelt den Kopf. „In der Verbannung. Aber wo ...?"

Wenn er daran denkt, dass auch sie wahrscheinlich zu solch einem Dasein verdammt ist wie er, kommt ihn das Heulen an. Wo ist Gott nur? Oh, er ist schon so sündig, dass er Zweifeln nachgibt. Ist er verdammt?

Nikita rüttelt ihn. „Du darfst nicht trübsinnig werden! Keinem von uns geht es besser als dir. Wenn du den anderen etwas Gutes tun willst, dann zeige, dass dein besonderer Glaube dich hochhält. Wir müssen uns gegenseitig Mut machen und stärken, um schließlich die zehn Jahre durchzustehen, Peter. Geben wir auf, sind wir verloren ..."

„Hast Recht. Ich wünschte mir, dass der Traum wiederkäme, den ich anfangs mehrmals träumte: Ich war zu Hause mit Elisa und den Jungen, wir machten uns für den Kirchgang fertig. Es gab keine Banditen, wir lebten in Frieden. Davon zehre ich noch. Ach, Elisa ..."

„Und ich stelle mir vor, wie groß meine Kinder in zehn Jahren sein werden. Ich will sie wieder sehen, zwei Mädchen und ein Junge. Dafür bete ich auch. Wir müssen durchhalten. Vielleicht kommt dein Traum wieder und gibt dir neue Zuversicht."

„Nach dem Schuften am Tage stellt sich abends kein Traum mehr ein", gähnt er, und beim letzten Wort fällt er auch schon in barmherzigen Tiefschlaf.

*

Im Lager Orotukan herrschen ungleich schlechtere Bedingungen. Dort müssen die Zwangsarbeiter in den Berg hinein, Blei-Erz abbauen. Es ist Knochenarbeit, zumal Masse von ihnen verlangt wird. Das Gestein ist so hart, dass sie im Anfang dachten, nie einen Brocken abzuschlagen, denn die Werkzeuge sind primitiv.

Sie arbeiten in Schichten. Die einen dürfen nachts schlafen, die anderen am Tage. Nach den zwölf Stunden sind sie halb tot. Die Luft ist stickig. Was gäbe Gottfried darum, draußen arbeiten zu können! Andererseits ist das in der eisigen Jahreszeit auch nicht gerade verlockend. Der Winter kommt in diesen Breiten schon nach ganz kurzer Sommerzeit zurück. Da ist die Temperatur im Bergwerk natürlich erträglicher.

Und die Behandlung? Besonders im Anfang gab es aus geringstem Anlass unmenschliche Züchtigungen. Abschreckung sollte die Männer von vornherein gefügig machen. Aber es gibt auch gutmütigere unter den Aufsehern, hier wie dort.

Schlechtere Bedingungen sind es jedenfalls hinsichtlich der Verpflegung. Sie ist unregelmäßig und noch knapper als in jenem Holzfällercamp. Nachschub kommt hier schwerer heran als in einem Ort so nahe der Transsib.

In ganz Sibirien gibt es Lager an Lager. Der Staat weiß, wie er zu kostenlosen Arbeitskräften kommt, die Erz und Gold und Kohle und Holz gewinnen! Zugleich schafft er damit die potenziell Aufmüpfigen, die Feinde der Revolution, die Rebellen und wie sie alle genannt werden, fort aus der Öffentlichkeit.

Die Deutschstämmigen hält man für besonders gefährlich, weil sie an Privilegien gewöhnt waren, weil sie sich für intelligenter und besser als alle anderen hielten. Am liebsten würde Stalin alle diese als Volksschädlinge eingestuften Gruppen, die sich nicht bedingungslos unterwerfen, ganz beseitigen. Aber schätzungsweise zwanzig Millionen erschießen – das fällt auf. Das dringt unweigerlich nach draußen. In Sibirien dagegen gehen sie allmählich von selbst kaputt.

Dieses Jahr läuft die erste große Deportationswelle – ungefähr fünfzigtausend. Sie bleibt nicht die einzige. – Gottfried Neufeld hier in Orotukan könnte das Gleiche sagen wie Peter Krüger: Er wollte fort aus diesem Land, das für ihn nun erst recht ein „Land des Grauens“ wurde – und strandete hier.

Er erinnert sich. Nach etwa zwei Monaten durften sie zum ersten Mal die unmenschlich enge Zelle des Moskauer Gefängnisses verlassen, aber nicht in die Freiheit, wie sie insgeheim gehofft hatten. Eine ganze Kolonne wurde in Marsch gesetzt. Wohin? Es hieß: zum Bahnhof, und ein Gerücht lautete: ab in den hohen Norden!

Gott sei uns gnädig!, sagten alle vier, die seit dem ersten Tag ein wenig zusammenhielten: Die beiden Baptisten Paul und Michail, der Juwelier André und Gottfried. Immer wenn sie wieder einmal zum Verhör geholt und zerschlagen zurückgebracht wurden, halfen sie sich und machten sich gegenseitig Mut.

Jetzt wurden sie in zugige Viehwagen verladen und fuhren ostwärts – stundenlang. Tage- und nächtelang. Eine Woche und noch eine. Tagsüber mit langen Stillstandzeiten in der eisigen Taiga. Wer sich hier davonmachen wollte – und dieser Gedanke war ständig da – rannte in den sicheren Tod. Sie wussten ja nicht einmal, wo sie sich ungefähr befanden. Auf den Bahnhöfen, die sie nachts ohne Halt passierten, konnten sie keine Ortsangaben ausmachen, falls es welche gab. Und wenn sie schon einen Namen gewusst hätten, fehlte ihnen doch die Landkarte im Kopf. Russland ist groß.

Es wurde ihnen klar: Fänden sie auf der Flucht – ohne vorher zu erfrieren – wirklich ein Dorf, könnte sie der nächste Kommunist ausliefern. Auf jeden Fall wüsste auch ein Wohlmeinender ihnen keinen Weg hinaus zu zeigen, hinaus aus dem riesigen Land. Nein, es wäre das sichere Ende. In den Köpfen blieb das Thema Flucht jedoch haften.

Manchmal wurden die Ideen auch laut. Bis einer die Gedankenspiele beendete und konstatierte: „Das heißt also, wir bleiben zunächst hier, denn wir müssen überleben. Frau und Kinder warten auf uns.“

Frau und Kind. Gottfried fragte sich jeden Tag: Wo werden sie jetzt sein? Meine Franzi und der kleine Philipp. Sie riefen nach mir, als die Schergen mich überwältigten ...

Sie haben sich ganz bestimmt noch einmal aufgemacht und sind über die Grenze gegangen. Die Visa hatte Franzi bei sich. Auch seines! Er würde sie in Gedanken jetzt immer in Amerika suchen.

Der Zug fuhr und fuhr – bis eines Tages die Gleise zu enden schienen. Dann hieß es aussteigen und marschieren – nach Norden. Eiskalt schnitt der Wind ins Gesicht. Fiel neuer

Schnee, rieselte er meist nicht „in Flocken, weich und dicht", wie es in einem Gedicht hieß, das Gottfried in der Kindheit einmal gelernt hatte. Nein, er kam als Schneesturm. Unterschiedlich heftig, aber es reichte, dass die Männer am Schluss des Tages wie tot umfielen. Irgendwohin in eine Kuhle vor einem Felsen oder ins Unterholz eines dichten Waldes, an eine Stelle, die ein wenig Schutz bieten sollte.

Der Juwelier war der Erste, der die Strapazen nicht durchhielt. Er stand am Morgen einfach nicht auf, und als ihn einer weckte – wecken wollte –, war er starr und steif.

Ihm folgten mehrere, sieben sollen es im Ganzen gewesen sein. Einer davon war Michail. Das war drei Wochen nach Beginn des Marsches. Er bekam eine Lungenentzündung und wurde mit auf den Hundeschlitten gepackt. Als Paul einmal zu ihm durfte, nahm er ihm noch das Versprechen ab, zu seiner Familie zu gehen, sobald er heimkäme. In zehn Jahren eben. Zehn Jahre scheint die Norm für das Strafmaß zu sein ...

Als drei davon vergangen sind, sechsunddreißig lange Monate (oder mehr schon? Die Strichkalender haben verschiedene Ergebnisse), gibt es eine große Umbelegung. Neue sollen kommen, von den Alten wird aussortiert, wer das Blei nicht länger verträgt. Man munkelt, sie sollen künftig Gold waschen, dort können sie bessere Leistungen bringen. Aber wie lange? Einige haben sich nämlich an Tuberkulose infiziert. Paul ist dabei, er muss mit fort.

Gottfried ist am Boden zerstört. Zu viert – oder auch noch zu dritt oder zu zweit – war vieles leichter. Nun ist er allein. Aber er lässt sich nicht gehen, sondern macht Paul Mut. „Du weißt, wir müssen überleben ..."

„Ja", nickt Paul mit wehmütigem Lächeln, „halt' du dir immer vor Augen, dass Franzi und der Kleine in Amerika auf dich warten. Du musst zu ihnen."

Es vergeht eine Zeit, ehe die Neuen nacheinander eintreffen. Der Schnee liegt hoch, da geht der Marsch langsam und beschwerlich vonstatten. Nur die Wachmannschaft hat Hundeschlitten. – Gottfried will sehr vorsichtig sein, falls er wieder zu jemand Vertrauen fasst. Misstrauen ist angebracht, vor allem, weil ihn ein bestimmter Gedanke nicht mehr loslässt.

Paul wusste davon, doch er fühlte sich zu schwach, um ihn auch für sich selbst weiterzudenken. Das hinderte ihn nicht, Gottfrieds Für und Wider seiner Überlegungen mit abzuwägen. Jetzt muss der seine Probleme also allein wälzen.

Er fragt das Gleiche wie Peter Krüger und gewiss noch mancher andere: Herrgott, wo bist du? – Es ist noch dunkel, als die Nachtschicht den Berg verlässt und die Tagschichtarbeiter hineingehen. Gottfried gehört zu diesen. Er ist heute nicht als Hauer eingeteilt, sondern als Träger, die jeweils zu zweit die Körbe mit Gestein hinaustragen. Als zweiten Mann wird er diesmal einen von den Neuen bekommen, die vorgestern eingetroffen sind.

Immerhin bekamen sie einen Tag Verschnaufpause. Sie stehen schon im Stollen und jeder „Alte“ nimmt einen von ihnen mit.

Als Gottfried heran ist, schweift sein Blick über die Reihe. Er stutzt. Ein bekanntes Gesicht?

Der zuvorderst steht, will sich ihm anschließen, doch er geht auf den drittnächsten zu: „Emanuel Cornies?“ Es klingt fast glücklich und doch noch fragend. Kann es denn sein?

Emanuel stockt fast der Atem. „Ja, Gottfried, ich bin's.“

„Pack an!“, hält er ihm rasch den Korbhenkel hin, und sie gehen den Hauptstollen entlang.

„Emanuel, dich schickt der Himmel ...“

„Ich wünschte, er hätte mich nicht gerade nach Sibirien geschickt ...“

„Das ist wahr. Aber wenn du schon hier sein musst, dann bei mir!“

Sie können sich während der Arbeit nur brockenweise mitteilen, zu viel Nähe wird argwöhnisch beobachtet.

„Am Abend musst du mir aber erzählen ...“

„Ja“, sagt er. Er weiß noch nicht, dass er, der sechzig Jahre zählt, nach diesem ersten Tag so kaputt ist, dass er sogar über dem Grützbrei einschläft. Gottfried muss sich damit abfinden, so begierig er auf mögliche Neuigkeiten von zu Hause ist. Er mit Mitte dreißig könnte Emanuels Sohn sein. Dessen eigener, Wilhelm, ist nur zwei Jahre älter als er.

An diesem ersten Abend nimmt er sich vor, in Emanuel einen Vater zu sehen und ihm das Tagwerk zu erleichtern, indem er selbst noch mehr schafft. Er will ihn auch nicht mit Fragen bestürmen. Allmählich reiht sich Bild an Bild.

So erfährt Gottfried die Geschichte, wie Emanuel unbedingt das Erbe der Vorfahren halten wollte, aber die hohen Abgabenforderungen nicht mehr erfüllen konnte, wie er mit seiner Frau in die Verbannung geschickt wurde. Glücklicherweise fürs Erste nicht weit, nach Rosowka. Sie waren dort schon dabei, sich Erdunterkünfte für den Winter zu bauen. Dabei dachten sie daran, dass die ersten Ansiedler aus Westpreußen, 1788, ebenso anfangen mussten.

Nun waren Generationen nach ihnen durch viel Fleiß zu Wohlstand gelangt – und standen schließlich schlimmer da als vor fast anderthalb Jahrhunderten. Wilhelm holte sie dann dort heraus, und auf dem Weg nach Moskau gab es hundert Hindernisse. Dann starb die Mutter. Gottfried erlebt in Gedanken mit, wie sie zu spät ankamen und das Botschaftsgebäude geschlossen war. Er kann nachvollziehen, dass sie als Zurückbleibende vorsichtshalber nicht an den Ort gingen, wo man sie erkannt und wahrscheinlich sogleich verhaftet hätte. Nach einigem Überlegen bot sich Chortitza an.

Als sie endlich herausgefunden hatten, wo Ruth und die Kinder waren, ließen sie sie zu sich holen. Sie lebten einige Monate glücklich beisammen. Dann geschah eines Nachts das, wovor sie schon lange Angst gehabt hatten: Die Geheimpolizei kam und führte beide Männer ab. Wilhelm konnte Ruth nur noch zuraunen, sie solle über die Grenze nach Polen gehen und von dort nach Deutschland, wie sie es besprochen haben. Ruth hatte auch das letzte Geld noch im Versteck. Sie werden es geschafft haben.

Wilhelm und Emanuel wurden schon in Chortitza getrennt. Wer weiß, wohin sie den Sohn gebracht haben. Emanuel kam mit vielen anderen in einen Zug, der bis Tschita fuhr. Zu Fuß ging es nach Norden, in die Unendlichkeit. Zuerst war er in Kolyma zum Gold waschen. Schließlich fand irgendwie ein Austausch statt, deshalb war er hier.

Gottfried erzählt auch seine Geschichte. Die brennendste Frage ist für ihn natürlich: „Was weißt du von Franzi?"

„Ruth hat sie schon in Moskau aus den Augen verloren. In Ohrloff gibt es keine Deutschen mehr, sie sind alle fort. Ich weiß aber, wer von dort in die Verbannung geschickt wurde, sie war nicht dabei. So bin ich sicher, sie hat bei der ersten Gelegenheit unterwegs den Zug verlassen und eine Fahrkarte nach Deutschland gekauft, nach Marienburg vielleicht. Die Visa hatte sie ja, wie du sagst. Glaub' mir, sie ist inzwischen in Amerika."

„Du weißt also, wo ich hin muss, Emanuel ..."

*

„Kennst du Georg Frisch?", fragt die russische Brigadeleiterin im Irkutsker Fischverarbeitungswerk „Komsomol" ihre Arbeiterin Elisa.

„Nein, wer ist das?"

„Ein Arzt aus Charkow, deutschstämmig wie du, und auch in der Verbannung."

Katja ist hierher nur „verpflichtet". Sie hat aber ein gutes Verhältnis zu den Leuten, die ihr unterstehen. Das Werk liegt abseits der Stadt am Baikalsee, es beschäftigt fast ausschließlich Verbannte. Sie hausen in Baracken, die neben der Fabrik errichtet sind.

„Vielleicht will Ruth ihn aufsuchen, weil Johannes noch immer krank ist. Sag's ihr bitte. Ich erkläre dir noch, wo sie ihn findet."

Man schreibt 1934, das fünfte Jahr nach dem missglückten Auswanderungsversuch. Ruth Cornies ist erst vor einem Jahr hergekommen. Sie war mit den Kindern vorher in einem entfernten Dorf gelandet. Als sie erfuhr, dass Elisa Krüger in der Fischverarbeitung tätig ist und dort wohnt – endlich ein Mensch, den sie kannte – zog sie hierher. Nun wohnt sie direkt neben ihr.

Michael hat mit sechzehn ein Mädchen kennen gelernt, vier Jahre älter und sehr dominant. Sie hat ihn überredet, mit ihr in die Wolgarepublik zu gehen, dort hätten die Deutschen ein viel besseres Leben. Sie war aus Saratow „ausgesiedelt“ worden, hatte aber auf Umwegen eine Nachricht erhalten, dass ihre Geschwister noch oder wieder dort wohnten. Ruth vermochte ihn nicht zu halten.

Barbara ist jetzt fünfzehn, sie hatte einen Freund, der vor zwei Monaten zusammen mit mehreren anderen jungen Männern zu Zwangsarbeit verurteilt wurde. Da war Ruth fast froh, dass ihr Junge fort war. Aber wie es ihm dort wohl ergeht?

Augenblicklich macht ihr Johannes die größten Sorgen. Er ist elf, und schon ein paarmal zusammengebrochen, ohne direkten Anlass. Einen Arzt kann sie nicht bezahlen. Was soll sie nur tun? Der Junge ist jetzt so schwach, dass er gar nicht mehr aufstehen mag.

Da kommt Elisa mit einem Fremden. „Doktor Frisch“, stellt er sich vor. Elisa hat ihn unmittelbar nach der Arbeit selbst aufgesucht, auch gleich wegen der Bezahlung gefragt. Da hat er nur abgewinkt.

Er untersucht Johannes gründlich, horcht ihn ab. Dann gibt er ihm ein paar Tropfen.

„Was hat er?“ Ruth schaut den Arzt voll Sorge an.

„Das ist für's Herz“, sagt er.

Und zu Johannes: „Du musst jetzt schlafen, mein Junge. Bald wird's dir besser gehen.“ Er gibt ihm die Hand, streicht ihm dann über die Wange.

Sie gehen in die kleine Küche, die sich Ruth und Elisa teilen, und setzen sich an den Tisch.

„Ihm wird es bald besser gehen?“, will Ruth wissen.

Elisa beobachtet das Gesicht des Arztes. Sie legt ihre Hand auf die der Freundin.

Er sagt: „Ihr seid gläubig, nicht wahr? Dann wisst ihr, dass es uns wahrhaft gut geht, wenn wir beim Herrn sind. Johannes' Herz ist zu schwach, als dass es sich erholen könnte. Es muss ein Herzfehler zu Grunde liegen. Hat sich früher schon etwas bemerkbar gemacht?"

„Als Kind kam er schnell außer Atem. Schlimm geworden ist es erst, seit sie den Vater und den Großvater eines Nachts abholten und wir nie wieder von ihnen hörten. Als wir dann in die Verbannung geschickt wurden, war er unterwegs immer auf der Suche nach den beiden. Nachts im Schlaf rief er nach ihnen. Doktor, weißt du, wie mir zumute ist, nach dem Mann nun auch das Kind zu verlieren?"

„O ja, ich weiß es. Ich bin aus Charkow, dort ist in unser Haus eine Diebesbande eingedrungen. Meine Frau und meine kleine Tochter stellten sich ihnen in den Weg. Beide wurden erschlagen. Ich hatte erfahren, dass einer vom Ortssowjet dabei war und erstattete Anzeige. Die Folge: erst wurde mein Sohn abgeholt, er war siebzehn. Dann bekam ich das Verbannungsurteil ..."

„Vergib mir meine unbedachten Worte."

„Du konntest es nicht wissen. – Ich will nun wenigstens meinen Sohn suchen."

„Wie soll das gehen in diesem Staat?"

„Ich habe erfahren, dass die Hauptverwaltung für die Zwangsarbeitslager bei der Region einen Arzt angefordert hat, der die Sanitäter in den einzelnen Lagern, hauptsächlich im Norden, berät und ihnen hilft. Deshalb habe ich um einen Propusk nachgesucht, einen Passierschein, mit dem ich überall in Sibirien Arbeitslager permanent aufsuchen kann. Ohne Bezahlung, versteht sich. Keine großzügige Erlaubnis also, eher eine günstige Lösung ihres Problems. Es sterben ihnen an verschiedenen Orten zu viele weg, dass sie nicht schnell genug Nachschub an Arbeitern ranschaffen können. Sagte ich schon, dass ich einen Hundeschlitten und Medikamente mitbekomme? Übermorgen muss ich aufbrechen."

„Wenn du irgendwo Peter Krüger und Wilhelm Cornies, auch dessen Vater Emanuel treffen solltest, erzähle ihnen von uns.

Aber sage den beiden nicht, dass Johannes ... Sie hängen sehr an ihm. Wie lange gibst du ihm noch?“

„Nur kurze Zeit. Geh' nicht zur Arbeit, bleibe bis dahin bei ihm ...“

Ruth kann nicht sprechen. Tränen rollen über ihre Wangen. Elisa nimmt sie in den Arm.

Nach einem langen Schweigen sagt sie zu Georg Frisch: „Vielleicht kommst du eines Tages hierher zurück und kannst uns dann etwas berichten?“

Der Arzt bleibt noch eine Weile bei den Frauen. Sie kochen Tee und bewirten ihn. Es geht Tröstliches von seiner Gegenwart aus. Sie beten auch zusammen. Ehe er aufbricht, schaut er noch einmal nach dem Kranken.

„Leb wohl, kleiner Johannes.“

XII

Wir schreiben das Jahr 1936. Am Dnjepr ist ein Kraftwerk gebaut worden, der Staudamm hat den Wasserspiegel des Flusses um dreißig Meter gehoben. Ein Dorf ist dabei überschwemmt worden, die Einwohner mussten umsiedeln. Siebenundzwanzig deutsche Familien waren betroffen.

Das war noch während der NEP, der neuen ökonomischen Politik. Niemand wusste damals, dass es nur eine vorübergehende taktische Maßnahme war. Die Bedingungen wurden sehr günstig gestaltet, sie konnten ihre Anwesen an das Zentralkomitee verkaufen und sich in einiger Entfernung auf zugewiesenem Land neue Häuser bauen. Für den Staat war das eine gute Gelegenheit, die Kollektivierung voranzutreiben.

Aber nicht nur das: Die Deutschen in den von ihnen besiedelten Dörfern sollten wegen besserer Beobachtung nicht länger unter sich bleiben. Bei der Neuansiedlung wurde darauf geachtet, dass neben den Deutschen Russen wohnten und diese in der Mehrzahl waren. Auch Franzis Onkel gehörte zu den Betroffenen. Seine Familie war anfangs froh über das neue Häuschen und zog den Auswanderungsantrag, wie so viele während der NEP, zurück. Wie sie sich aber im November 1929 entschieden und was mit ihnen geschehen war, wusste niemand.

Als in der Kolchose „Rotes Banner“, wo Franzi nach ihrer Rückkehr untergekommen war, Fremde entlassen werden sollten, war sie natürlich die Erste. Marina, die sie aufgenommen hatte, weinte. Ihr Mann setzte sich für Franzi ein. Vergebens. Sie erkundigten sich dann nach dem Onkel: Ja, er wohnte noch am alten Ort. Und sie brachten sie dorthin. –

Seitdem lebt Franzi am Stausee. Sie fand eine Stelle beim Bau, kochte für die Arbeiter. Danach wurde sie von der Küche für die Beschäftigten des Kraftwerks übernommen. Dort ist sie bis heute geblieben.

Ihr kleiner Philipp ist gar nicht mehr klein. Er wird schon

acht und geht in die ukrainische Schule. Sie könnte zufrieden sein, es geht ihr viel besser als vielen anderen Frauen. Sie braucht auch keine Sorge zu haben, dass man sie verschleppt. Das hat ihr Sascha gesagt. Und – so paradox es klingen mag – gerade das bedrückt sie sehr. Der Onkel redet ihr zu, ihrem Gönner, wie er sagt, mehr entgegenzukommen, denn er verspricht sich auch seine Vorteile davon.

„Schau, er ist Bezirkssekretär, ein mächtiger Mann. Deinen Gottfried wirst du ohnehin nie wieder sehen. Wie denn auch? Wenn du dich Sascha immer wieder verweigerst, hat er es eines Tages satt und lässt dich fallen. Stell dir vor, sie holen dich ab! Du bist fort, niemand weiß, wohin ... Was soll dann mit Philipp geschehen? Und was hast du davon? Überleg es dir gut. Man muss die Möglichkeiten nutzen, die sich bieten."

„Onkel, bei uns in der Küche arbeitet ein Mädel aus Halbstadt, Debora, die mit Daniel Krüger aus unserem Ohrloff verlobt war. Sie sind durch die Auswanderung getrennt worden, und sie hat bisher nichts mehr von ihm gehört. Die Männer verdrehen sich den Hals nach ihr, sie ist sehr hübsch. Aber sie bleibt ihm treu, obwohl sie noch nicht einmal verheiratet waren. Da sollte ich untreu werden, nur um des Vorteils willen?"

Sascha Kyrin holt Franzi eines Abends wieder einmal von der Arbeit ab und bringt sie nach Hause. Sie darf sich nicht beklagen, er hat ihr zwar gesagt, dass er sie mag und zur Frau haben möchte, aber er ist ihr noch nie zu nahe getreten. Gewiss eine Seltenheit in dieser Gesellschaft, wo jeder meint, er dürfe sich nehmen, was immer er will – nicht nur im Bezug auf Frauen.

„Warum hast du so viel Geduld mit mir?", fragt sie ihn, und er antwortet: „Daran sollst du sehen, dass du mir unendlich viel wert bist. Ich kann warten. Sieh, wir wollen uns nichts vormachen. Dein Mann wurde verhaftet und ist wahrscheinlich längst in einem Lager umgekommen. Du wirst also eines Tages, wenn du die Nachricht bekommst, frei sein. Weil ich nun weiß, dass ich nicht umsonst warte, fällt es mir leicht."

„Ich habe an Gottes Altar Treue gelobt, bis dass der Tod uns scheidet. Ehe ich nicht eine Todesnachricht bekomme, bin ich nicht frei. Du wärst nicht glücklich mit einer Frau, die ständig ein schlechtes Gewissen hat. Sieh, wenn du verschollen wärst, würdest du nicht auch von deiner Frau erwarten, dass sie dir treu ist?"

„Vor Gott hast du es gelobt. Du weißt, dass der Kommunismus jeden Gedanken an Gott verpönt. Ich will dir sagen, dass ich trotz meines Postens den Glauben hochhalte, den meine Eltern mich gelehrt haben. Ich gehe nicht in die Kirche, genau wie euch ja der Gottesdienst jetzt auch versagt ist. Trotzdem bin ich im Innern ein Christ. Das sollst du wissen, wenn wir eines Tages doch zusammenkommen. Sollst sehen! Das Schicksal deines Mannes ist bitter, es tut mir Leid. Aber wer kann es ändern? Ich werde dich nicht bedrängen, das verspreche ich dir. Ich warte."

*

Es gibt ein Lager im äußersten Nordosten am Meer. Jemand hat es das Lager der Vergessenen genannt. Oder ist es nur eine Legende? Klein soll es sein im Vergleich zu anderen, und es heißt, nur besonders Aufsässige kämen dorthin, die anderswo zu viel Unruhe hineinbringen könnten. Sollte es wirklich existieren, wird es jedenfalls geheim gehalten.

Georg Frisch hat sich alle Vermutungen und Andeutungen gemerkt. In Irkutsk hat man ihm viele Lager genannt, wo sein Einsatz nötig ist. Dieses wurde nicht erwähnt. Deshalb will er es suchen. Vielleicht könnte gerade dort sein Sohn sein?

Den Weg mit seinem Hundeschlitten muss er nach Gefühl erkunden. Bisher führte jeder Versuch ins Nichts, doch er gibt nicht auf. Glücklicherweise hat er sich in der letzten Kolchose reichlich mit Essen und Futter für seine Vierbeiner eingedeckt. Und eines Tages findet er die Spur eines Raupenfahrzeugs; der folgt er.

Primitive Holzhütten, windschiefer noch als im Lager der Holzfäller, trifft er an. Sechsunddreißig Gefangene und – völlig ungewöhnlich – keine hochkarätige Lagerleitung. Nur vier Posten niederen Ranges sind da, die wahrscheinlich hierher strafversetzt wurden, aber die Lage sichtlich zu ihrem Besten nutzen. Sie sind offenbar bemüht, ja keinen Fehler zu begehen, damit sie nicht eines Tages abgelöst werden. Denn wer weiß, was sie danach zu erwarten hätten. Gut, dass Georg seinen Propusk hat. Sie hätten ihn sonst für einen Spitzel gehalten.

Aber er ist Arzt – Arzt! Da muss er ihnen in ihrer anderen großen Angst helfen. Jetzt gleich, sofort! Sie fürchten, als Schuldige erklärt zu werden, dass in den letzten Wochen über die Hälfte der vordem achtzig Leute weggestorben sind und nun keine Leistung vorgewiesen werden kann.

„Und woran sind sie gestorben?"

„Wenn wir das wüssten! Einer nach dem anderen klagten sie über Kopf- und Gliederschmerzen, bekamen Schwindelanfälle und fühlten sich abgeschlagen. Was ihnen natürlich niemand glaubte. Wir hielten sie für Simulanten, die das abgesprochen hatten ...", erzählt Wanja, ein kleiner Rundlicher.

Der andere, Semjon, sieht auch ganz gut genährt aus. Er führt den Bericht rasch weiter: „Aber dann fielen sie bei der Arbeit um, mussten erbrechen. Ihre Augen entzündeten sich böse. Auch hohes Fieber stellte sich ein. Wie – du willst wissen, ob wir es gemessen haben? Ja, womit denn? Nach ein paar Tagen zeigte sich dann ein rötlicher Ausschlag."

„Sie waren doch vorher schon rot durch das Fieber, da haben wir es nicht beachtet, bis wir kleine Flecken sahen", sagt Grigori, der sich als Georgs Namensvetter fühlt. „Sie fingen an zu toben. Nikita, unser Chef hier, meinte ..."

Nikita ist erst später dazu gekommen. Er nickt. „Ja, ich war sicher, es ist das Delirium. Ich kannte früher einen, der bis zum Delirium soff. Ich erinnere mich, der hatte auch so furchtbare Wahnvorstellungen."

„Und weiter?"

„Ja, und dann starben sie. Bei so vielen Toten wird natürlich ein Schuldiger gesucht ..." Die Diagnose zu stellen, ist nicht schwer.

„Es ist Fleckfieber, Hungertyphus“, sagt Georg, „und es ist ansteckend.“

Nikita ist bei dem letzten Wort kreidebleich geworden. „Was können wir dagegen tun?“, stammelt er.

„Sind zur Zeit noch Leute krank?“

„Zwei. Bei den anderen ist nichts zu merken.“

„Führt mich hin!“

Einer, ein Älterer, liegt ganz apathisch auf dem stinkenden Stroh. Das ist so alt wie das Lager selbst. Der andere redet im Fieberwahn. Er will nach Ohrloff, er muss die Eltern holen.

„Vater will durchaus bleiben, aber es geht nicht. Viel zu lange haben sie alle gezögert. Jetzt hat er hier endlich die Schiffskarten – wo stecken sie denn, wo hat er sie? Sucht sie ...“

Ohrloff! Georg horcht auf. „Wie heißt dieser Mann?“, fragt er Grigori, der ihm zur Hand gehen soll.

„Das ist – warte, ich glaube, Cornies heißt er, Wilhelm Cornies. Ein eigenartiger Name, nicht leicht zu merken.“

Georg mag nicht an Zufall glauben. Wurde er deshalb hierher geführt? Er packt seine Medikamente aus. Außer denen von der regionalen Hauptverwaltung in Irkutsk hat er noch einige bei sich, die er aus Charkow mitbrachte. Er nahm nur wenige Dinge für sich selbst mit in die Verbannung, dafür aber ärztliche Instrumente und was er sonst aus seiner Praxis fortbrachte. Sulfonamid ist dabei – ziemlich alt zwar, aber das Einzige, was er hat. Der alte Mann auf dem Nebenlager wird es nicht mehr brauchen. Vielleicht kann er Wilhelm damit helfen zu überleben. Der Vater des kleinen Johannes – Herrgott, deine Wege sind wirklich unbegreiflich!

Noch am gleichen Abend nimmt er sich die vier Posten vor.

„Ihr habt gefragt, was zu tun ist. Das will ich euch sagen. Erstens müssen die Strohlager sofort ausgeräumt und die Pritschen geschrubbt werden. Wasser habt ihr, Holz zum Heißmachen auch. Dann müssen die Leute und ihre Sachen entlaust werden. Schnellstens, wenn das Lager nicht ganz leer werden soll. Desinfektionsmittel würden wir brauchen – aber woher?“

„Wir haben welches – für uns“, sagt Grigori zaghaft. Er sieht die anderen an. Durfte er das sagen?

„So, für euch. Es wird euch nur nichts nützen, wenn die anderen sich weiter infizieren und euch letzten Endes auch anstecken.“

„Aber wir haben keine Anzeichen – bis jetzt.“

„Ich habe euch gesagt, die Krankheit heißt auch Hungertyphus. Wie ihr ausseht, habt ihr nicht schlecht gelebt und die Gefangenen haben umso mehr gehungert. Wenn das nicht sofort anders wird, werde ich bestätigen müssen, dass ihr doch Schuld habt.“

Alle vier schweigen betreten. Bis Wanja sich aufrafft: „Nein, ja nicht! Bitte!“

„Wir machen alles, was du sagst“, murmelt Nikita. „Bloß – neues Stroh haben wir nicht. Im Anfang ist einmal eine Ladung gebracht worden, seitdem nicht mehr.“

„Ob wir nicht dürres Reisig nehmen könnten? Im Lagerschuppen sind noch ein paar Decken. Eigentlich auch nur für uns ...“

„Maul halten!“, raunzt Semjon.

„Nun will ich wissen, welche Arbeit macht ihr hier?“

„Sie sagen, eine Art Pionierarbeit. Probegrabungen – aber ohne fachkundige Anleitung. Das Gestein wird zum Prüfen abgeholt, und wir müssen eine bestimmte Menge bringen, sonst – Das ist ja, weshalb wir die Leute nicht entbehren können. Schaffen sie zu wenig, wird es uns angelastet.“

„Wonach grabt ihr?“

„Das wissen wir nicht. Wir haben mal gehört, das Gestein soll Uran enthalten. Es werden Proben von verschiedenen Stellen gefordert.“

Uran – Georg horcht auf. Irgendwie muss die Gefahr von Verstrahlung bei denen bekannt geworden sein, die sich sonst um Ämter mit unbeschränkter Macht wie in den Lagern reißen. Georg lässt diese Gedanken natürlich nicht laut werden. Er weist streng die Posten an, sofort mit allem zu beginnen, was er angeordnet hat. Sie holen Leute hinzu und bemühen sich eilfertig. Georg hat sie in der Hand und kann durchsetzen, was sie offensichtlich widerwillig tun. Er lässt sich die Vorräte zeigen und verfügt, was es am Abend zu essen gibt. Die Gefangenen wissen gar nicht, wie ihnen geschieht.

Bei Wilhelm wirkt das Medikament. Gott sei Lob und Dank! Wer das Fleckfieber einmal hat, überlebt selten. Doch das Wunder geschieht. Als der Patient – es ist der Letzte, wie es scheint – langsam ins Dasein zurückkehrt, haben er und Georg sich viel zu sagen. Wilhelm ist hierher verbannt, weil im Zug, der einen ganzen Transport ostwärts brachte, eine Revolte ausbrach. Er war daran nicht beteiligt, aber alle bekamen das schwerste Strafmaß. Fünfundzwanzig Jahre – und diese hat er hier bei den Unbelehrbaren, wie es hieß, zu verbüßen.

Aber was ist das gegen die Nachricht: Ruth und die Kinder leben! Georg behält sein Wissen um Johannes für sich, wie Ruth ihn bat. Sie leben! Das hilft ihm vollends zur Genesung. Er muss leben, damit er sie wieder sieht. Wie das eine Wunder geschehen ist, dass er von ihnen erfuhr, dann das andere Wunder seiner Genesung, so kann auch das dritte sich ereignen: dass Umstände eintreten, die ihn und alle vor dieser langen Zeit frei werden lassen. Gott kann! Er will das wie einen Schatz in seinem Innern tragen, komme was mag. Gott verlässt die Seinen nicht.

Der Arzt vergisst bei alledem nicht, weshalb er diesen Dienst auf sich genommen hat. Er fragt Wilhelm, ob da ein Sebastian Frisch unter denen war, die gestorben sind. Denn dass er nicht unter den hier Lebenden weilt, ist schnell festzustellen.

Nein, ein so junger Mann war nie hier. Also wird der Vater weiterziehen in die nächsten Lager, wird dabei auch nach Emanuel Cornies Ausschau halten.

Die Zurückbleibenden sagen: „Da war ein Engel bei uns.“

XIII

Wieder geht die Zeit ins Land. 1937 veröffentlicht Harry Sailer in der Chicago Post einen Artikel, für den er mit viel Mühe und größter Umsicht recherchierte, dessen Wahrheitsgehalt er zudem von mehreren Seiten sorgfältig prüfen ließ. Er hat Verbindung zu oppositionellen Journalisten, die wollen, dass die Tatsachen wenigstens jenseits der Grenzen bekannt werden.

Was sie damit riskieren, wissen sie. Hier ein Auszug: „... In diesem Jahr erreichen die Schrecken der Stalin-Herrschaft einen Höhepunkt. Es gibt jetzt ein Erfassungssystem für die Gefängnisse und Arbeitslager: Jeder Ort, jeder Distrikt und die Armee-Einheiten erhalten Sollzahlen, die sie fristgerecht zu erfüllen haben. Selbst Kommunisten, die nicht ganz astrein erscheinen, werden ausgehoben. Zitiert ein Lehrer zum Beispiel mehr Marx und Lenin als Stalin, und ein Schüler meldet es, ist er fällig. Verbannte, die ohnehin aus dem Blickfeld geräumt wurden, werden ausgehoben, nur weil in ihrer Gegend der Verhaftungsplan nicht erfüllt ist. Das nächtliche Abholen ist zum Schrecken derer geworden, die bisher noch verschont blieben.

Alles deutet darauf hin, dass sich der Terror noch steigert. Den Mächtigen ist auch jedes Mittel recht, den „Gegner Kirche" zu bekämpfen. In den Mennonitengemeinden sind nur Alte übrig, kirchliche Schulen gibt es ohnehin längst nicht mehr. Auch Einzelbauern kann man nicht mehr finden, nur noch die Kollektive, wo fünfzig bis sechzig Familien zusammengefasst sind. Das sind jetzt gemischt Russen und Deutsche, und denen ist der russische Lebensstil fremd. Die alte Dorfstruktur ist vollkommen aufgelöst, es fehlt der Zusammenhalt, wie man ihn früher kannte.

Das religiöse Leben hat die Volksidentität der Deutschen ausgemacht. 1929 gab es noch ein Drittel der vordem 230 evangelischen Geistlichen, die anderen waren schon verbannt. Jetzt ist allen die Amtsausübung verboten, und durch falsche Zeugen werden sie zu jahrelangen Gefängnisstrafen verurteilt.

Die Kirchen werden geschlossen und in Theater, Klubhäuser oder Getreidespeicher umgewandelt. Überall prangen Plakate, die verkünden, Religion sei Opium und verdumme die Volksmassen. Weil Spitzel an jedem Ort ‚horchen und gucken', sind auch Hausgottesdienste unmöglich geworden."

In Gnadenfeld sitzt jeder über der Zeitung und schüttelt den Kopf. Sie sind froh für alle, die im Frühjahr 1930 noch hierher kommen konnten. Aber die anderen?

Bei Martin und Hanna Neufeld bricht der Kummer um die Kinder verstärkt wieder auf. Jakob ist inzwischen gestorben. Er hat nicht mehr wahrgenommen, dass er seinen Bruder wieder sah.

Hannes und Heiner Krüger haben zu bauen begonnen, zunächst ein gemeinsames Haus. Sie haben das Maurerhandwerk erlernt und können deshalb vieles selbst machen. Bei den Mädchen haben sie Chancen, aber keiner konnte sich bisher entschließen. Bei Daniel ist es nicht anders. Auch er hat schon gebaut mit Hilfe der Freunde. Da ist ein Mädchen, Kathy – eine Mennonitin zwar, aber sie ist schon in Kansas geboren und spricht mehr Englisch als Deutsch. Ihre Eltern haben schon angedeutet, dass ihre Aussteuer reichlich ausfällt. Sie ist siebenundzwanzig. Zeit also, unter die Haube zu kommen.

Daniel hat schon ein paarmal angesetzt, mit ihr über die Zukunft zu reden. Aber jedes Mal kam ihm dann Deboras Bild in Erinnerung, und er zögerte wieder. Mit Debora kann sie weder im Wesen noch im Äußeren mithalten. Sie ist eher derb und wird nicht von ihrer Mutter eingekleidet. Doch das sind Nebensachen. Schwer wiegt ein anderer Vergleich: Sie trödelt bei der Arbeit statt kräftig zuzupacken. Und das sollte seine Frau doch können! Ach, Debora! Er hat nie wieder von ihr gehört. Jeder Versuch, Verbindung aufzunehmen und etwas über Halbstadt, überhaupt über die deutschen Ortschaften in Russland zu erfahren, ist fehlgeschlagen. Da hatte auch Harry Sailer keinen Erfolg. Er weiß nur: Die Menschen leiden unsagbar unter ihrem Los.

Als Daniel wieder einmal diesen Gedanken nachhängt, zieht

ein Schwarm Wildgänse über ihn hinweg. Er blickt ihnen sehnsüchtig nach, für sie gibt es keine Grenzen.

*

Die Gefangenen in den Straflagern erfahren nicht, was draußen im Lande passiert. Sie kennen nur das eigene Schicksal. Kommen einige neu hinzu, wissen die meist auch nicht viel zu berichten, weil sie vorher anderswo inhaftiert waren.

Emanuel Cornies weiß – noch ehe er den Namen erfährt – beim ersten Wort, dass Georg Frisch ein Deutschstämmiger ist. Es wird hier von der Lagerleitung streng darauf geachtet, dass der Mediziner nicht etwa mit Einzelnen Kontakt aufnimmt, denn sie haben ein schlimmes Ereignis hinter sich. Einer ist verschwunden. Sie haben sich wie verrückt gebärdet, um Helfershelfer zu finden, doch alle Suche war vergeblich.

Findet man ihn nicht, könnte es Schule machen. Dabei ist doch für Sicherung im höchsten Maß gesorgt. Wer kann auch jetzt im Winter in die Einöde hinausgehen! Er ist bestimmt schon verhungert oder erfroren. Aber finden müsste man ihn, um die Bestätigung dafür zu haben!

Trotz aller Beschränkungen sucht Georg Gelegenheit, mit Emanuel Cornies zu sprechen. Flüsternd. Abgerissene Sätze.

Aber der Vater hört von seinem Sohn und sogar von Ruth und den Kindern! Es ist wieder nur die Anzahl der Kinder, die der Arzt nicht erwähnt. Er kann beim Abhören feststellen, dass das Herz des Mannes doppelt so schnell schlägt wie vordem. Solch ein Glück, etwas von den Angehörigen zu hören, hat wohl unter tausend nur einer.

Nun möchte Georg wissen, wer da geflüchtet ist. Natürlich war sein erster Gedanke: Sebastian. Aber der scheint nicht hier gewesen zu sein. Höchstens ganz im Anfang, ehe Emanuel aus der Kolyma im Austausch herkam, könnte er schon gestorben sein. Aber gehört hat er nie von einem so jungen Gefangenen. Dem der Ausbruch offenbar gelungen ist, er heißt Gottfried Neufeld. Aus Ohrloff, wie Emanuel.

„Wenn du auch in Frauenlager kommst, Doktor – seine Frau heißt Franzi. Ich bin zwar sicher, dass sie noch nach Amerika gelangt ist, weil sie das Visum schon hatte. Aber man weiß ja nie ..."

Sie erfinden noch öfter einen Anlass, sich einander zu nähern, ohne Verdacht zu erregen. Emanuel kann nicht genug hören von seinen Kindern. „Gnädiger Gott, führe uns noch einmal zusammen", betet er, und ein paarmal beten sie auch miteinander. Natürlich ohne die Hände zu falten, es darf schon nicht einmal jemand registrieren, dass sie deutsch miteinander reden.

„Wann floh dieser Gottfried?"

„Vor zwei Wochen oder drei. Man verliert ja hier das Zeitgefühl. Wer weiß, wo er jetzt ist! Ich bete für ihn. Sie haben mich anfangs stundenlang verhört, weil wir oft zusammen waren. Aber ich weiß nun einmal nichts, und wenn sie etwas erpressen, was nicht stimmt, nützt's ihnen ja auch nichts. Das haben sie wohl eingesehen."

Wieder ein Abschied. Aber Georg muss weiter. Er will seinen Sohn finden, um jeden Preis!

Und was er mit keiner Silbe über seine Lippen kommen lässt: Kann er den Flüchtigen einholen? Drei Wochen zu Fuß – das können um die dreihundert Werst sein. Die Hunde schaffen es in wenigen Tagen. In welche Richtung kann er von hier schon gegangen sein! Mit Sicherheit nach Süden.

Georg hat so viele Wunder erlebt auf seinem Weg von Lager zu Lager, dass er tollkühn wird, auf das nächste zu warten. Er schaut ständig nach Spuren aus, aber inzwischen hat es ja hin und wieder geschneit. Wird er Siedlungen aufgesucht haben? Er muss ja etwas essen. Aber ehe er hier auf Menschen trifft, muss er auch Glück haben.

Georg fährt und fährt. Seine Hunde sind kräftig, er kann sie auch gut versorgen. Nach fünf Tagen sagt er sich, dass er die Unmöglichkeit des Unterfangens wohl einsehen muss.

Als es dunkelt und er sich nach seinem Lager für die nächste Nacht umschaut, findet er Spuren. Das Gelände ist durch

Felsen und Wald mit dickem Unterholz geeignet, ihm Schutz zu bieten.

So hat wohl auch der gedacht, der auf schmalen Schneebrettern unterwegs ist. Als er den Schlitten kommen sieht, versucht er in Deckung zu gehen. Doch die Hunde sind schnell und verfolgen die Spur.

„Gottfried Neufeld?“, ruft Georg fragend. Es kann ja auch ein ganz anderer Mensch sein. Und wenn er gefährlich wäre? Eine Waffe haben sie ihm in der Regionalen Verwaltung natürlich nicht mitgegeben.

Gottfried glaubt, dass ihn die Häscher entdeckt haben, nachdem er sich schon fast in Sicherheit glaubte. Wer wüsste sonst schon seinen Namen! Die Stimme aber klingt nicht russisch. Wen mögen sie da angesetzt haben? Er stellt sich mit erhobenen Armen.

„Bist du Gottfried?“, fragt Georg auf Deutsch.

„Ja, der bin ich. Aber wer du bist, kann ich mir nicht erklären.“

„Dann sage ich's dir ...“

Sie würden beide nicht wollen, dass man ihre Gemütsbewegung je beschreibt. Gottfried sagt schließlich: „Hätte ich so etwas in einem Buch gelesen, dann hätte ich mit Sicherheit gesagt: wie kitschig! Wer soll auch glauben, dass so etwas tatsächlich geschieht?“

Sie schlafen beide kaum in dieser Nacht. Zuerst gibt der Arzt dem Flüchtling von seiner Verpflegung.

„Wovon hast du bisher gelebt?“

„Von knochenhart trockenem Brot. Ich habe seit langem welches gesammelt, und Emanuel hat jeden Tag eine von seinen kostbaren Schnitten dazugetan. Er war es, der die vielen Einzelheiten für mich vorbereitet, alles durchdacht hat. Ohne ihn hätte ich es nicht geschafft. Schade, dass er sich zu schwach fühlte, mitzugehen.“

„So so, Emanuel, der von nichts, aber auch gar nichts gewusst, nicht einmal geahnt hat. – Wie soll es weitergehen?“

„Ja, wie?“

„Ich sag' es dir. Zunächst nehme ich dich etliche hundert Werst auf dem Schlitten mit. Dann muss ich ins nächste Lager, um keinen Verdacht zu erregen."

„Ich kann es kaum fassen. Weißt du, was mein Ziel ist? Viele, denen wie uns die Ausreise versagt wurde, sollen damals über die Mandschurei und China entkommen sein – mit Schlitten bei Nacht und Nebel über den vereisten breiten Amur. Das weiß ich auch von Emanuel, denn ich war da schon hinter Stacheldraht.

Am Amur sind doch vor zehn Jahren mennonitische Siedlungen entstanden, weil die Bauern – etwa zweitausend – dachten, dort freier als im zentraleren Russland leben zu können. Sie wussten nicht, dass der Kollektivierungsarm auch bis dorthin reichen würde. Doch sie waren die Helfer zur Flucht, und etliche gingen selbst mit. Über Charbin und Shanghai gelangten sie nach Amerika. Dorthin will ich ja auch, denn ich bin gewiss, dass Frau und Kind dort auf mich warten."

„Gut, dann also morgen früh in Richtung Amur."

*

Wenn Gottfried später von seiner Flucht erzählt, braucht er viele Stunden. Die Hundeschlittenfahrt ist nicht das Letzte, bis er über die chinesische Grenze gelangt. Ein Höhepunkt: er bekommt zwar von deutschen Familien Geld, aber die wissen genauso wenig wie er, dass es längst andere Rubelscheine gibt. Nun ist er in der Freiheit und kann nicht weiter. Wie soll er Nachricht geben an die Eltern, an Franzi? Er kann ohne Geld kein Verkehrsmittel benutzen, muss also wieder nur zu Fuß weiter. Immer Richtung Shanghai.

In Gedanken sagt er zu Emanuel: Du bist ein Mann, fast so klug wie dein legendärer Urgroßvater, der Johann. Aber das mit dem Geld konntest du nicht wissen!

Noch eine scheinbar unglaubliche Geschichte, dass ihn in der ersten kleinen Stadt hinter der Grenze ein Mann auf Russisch anspricht. Muss er vorsichtig sein? Haben die Sowjets auch hier Spitzel?

Der Chinese errät wohl seine Gedanken. Er zeigt ein Kreuz, das er unter der Kleidung umhängen hat. Ein Christ – hier?

Der Mann nimmt Gottfried mit nach Hause. Eine Tochter ist da, die Englisch in der Schule gelernt hat. Sie schreibt einen Brief – einfach an die Stadtpresse in Kansas City, Amerika. Eine vage Adresse, doch das Mädchen hat gehört, dort sei man findig.

Nach nur drei Wochen weiß sie, dass sie Recht hatte. Die Zeitung – eine eben, der dieser Brief zugestellt wurde – nahm den Inhalt sensationsgierig auf und veröffentlichte ihn. Ein Exemplar kam zuerst in Harry Sailers Hände, dann sofort nach Gnadenfeld. Müßig, die Aufregung zu beschreiben.

Martin Neufeld schreibt sofort an den Sohn, dass er sich noch am selben Tag auf den Weg mache, um ihn abzuholen ... Er kommt nicht nur bis Shanghai, er lässt sich bis in jene Grenzstadt fahren, um die Familie reichlich zu entlohnen.

„Das ist nicht nötig“, verneigt sich der Familienvater mit großer Höflichkeit. Aber er strahlt, denn sie können es gebrauchen.

Die Freude ist himmelhoch, als Vater und Sohn sich in den Armen liegen. „Jetzt geht es heim“, sagt Martin, „wirklich heim. Du wirst sehen. Alles ist schon seit 1930 für dich bereit, das Haus war schon fertig, als wir ankamen.“

„Nun sag’ mir erst, warum ist Franzi nicht gleich mitgekommen? Und wie geht es Philipp? Er ist doch nun schon ein großer Junge, und kennt mich noch gar nicht.“

Der Vater schweigt.

„Was ist, Vater? Geht es ihnen nicht gut?“

„Wie kommst du darauf, dass sie bei uns sind?“

„Franzi hatte doch das Visum. Mehrere Leute haben mir versichert, dass sie damit über Polen und Deutschland hat entkommen können.“

Der Sturz aus dem Freudenhimmel ist tief. „Franzi und Philipp müssen noch in Russland sein ...“

XIV

Das Jahr 1941. Debora sitzt lauschend am Radio. Es ist Krieg. In der Berichterstattung geht es stets nur um Siege. Jedermann weiß allerdings, dass die Meldungen nur wenig über den wirklichen Verlauf der Kampfhandlungen verraten. Schwer zu durchschauen, was sich bisher ereignete, und von Anfang an war vieles kaum zu begreifen.

Da gab es zu aller Verwunderung vor zwei Jahren, 1939, den Nichtangriffspakt zwischen Deutschland und Russland. Die Außenminister Ribbentrop und Molotow schlossen ihn ab, er wurde nach den beiden benannt. Eine Art Freundschaftsvertrag, hieß es.

War das zu fassen? Dem kommunistischen Russland war das ‚national-sozialistische' Deutschland zutiefst verhasst gewesen, was auch im Hass auf die Deutschstämmigen im Lande zum Ausdruck kam. Dann dies!

Aber jetzt, zwei Jahre später...

In der Zwischenzeit führte Russland 1939/40 den Finnischen Winterkrieg. Er kostete die Russen zweihunderttausend Tote. Die Finnen hatten am Ende Gebiete abzutreten, aber sie hinterließen sie menschenleer. Alle Einwohner flohen rechtzeitig. Dafür hatten Finnen, die in Russland ansässig waren, schwere Repressalien zu erdulden.

Die materiellen Verluste in diesem Krieg führten in Russland bald zu Hungersnot. Oft war das Brot ausverkauft, wenn die Menschen nach stundenlangem Anstehen endlich an der Reihe waren. Wer sich aber beschwerte, kam sofort in Gewahrsam.

Auch durfte niemand ungestraft erwähnen, was geheim bleiben sollte und doch durchgesickert war: Es gingen umfangreiche Lebensmitteltransporte nach Deutschland, das dafür Waffen, Schiffe und Maschinen lieferte.

Als Sieg wurde proklamiert, dass Stalin die baltischen Staaten, Wolhynien, Galizien und die Bukowina einfach annektierte. Die Deutschen, die dort wohnten, durfte Hitler

„heimholen ins Reich“. Da ging die Hoffnung um, er würde auch die Volksdeutschen aus Russland führen und manche stellten bereits einen solchen Antrag. Aber diese anderthalb Millionen wollte Stalin natürlich nicht ohne weiteres hergeben.

Das war jedoch sicherlich nicht der Grund Hitlers, im Juni dieses Jahres den Nichtangriffspakt zu brechen. Es heißt bis heute – natürlich hinter vorgehaltener Hand und nur unter wirklich Vertrauenswürdigen – er sei dem gleichen Plan Stalins nur zuvorgekommen.

Das Misstrauen gegen die Deutschen im Lande steigerte sich mit Beginn der Kampfhandlungen so sehr, dass keiner mehr sicher war vor der Deportation. Vor allem diejenigen waren im Visier des Geheimdienstes, die früher einmal von Auswanderung oder später von der schon erwähnten Aussiedlung nach Deutschland gesprochen hatten.

Wie wird sie, Debora, eingestuft? Angst ist sie seit Jahren gewohnt. Man lernt mit ihr zu leben.

Von den Eltern hat sie seit der Trennung nie wieder gehört. Wenn sie vor allem Mutters angeschlagene Gesundheit bedenkt, hat sie kaum Hoffnung, sie jemals wieder zu sehen. Die Eltern waren ihre einzigen Angehörigen. Umso mehr klammert sie sich die ganze Zeit in Gedanken an Daniel.

Franzi gab zu bedenken, es könne ihm ähnlich ergangen sein wie Gottfried, dessen Festnahme sie ja beobachtet hatte. Er war sicherlich nicht der Einzige, den sie noch abfingen. Doch Debora lässt sich nicht abbringen: Immerhin sechstausend ließ man fort. Jemand wusste auch, dass zum Beispiel Gottfrieds Eltern und der alte Großvater es schafften. Warum also nicht Daniel?

Doch bis zum Kriegsbeginn Deutschlands 1939 vergingen seit jener Auswanderungsaktion in Moskau zehn Jahre, ohne dass sie ein Lebenszeichen von ihm bekam. Freilich, wohin hätte er schreiben sollen? Halbstadt hatte sie längst hinter sich lassen müssen. Auch Franzi hat ja nie etwas von Amerika, von den Schwiegereltern gehört. Das vergebliche Warten auf Nachricht war zermürbend. Seit 1939 haben sie es aufgegeben, weil seitdem jede Verbindung unmöglich wurde. –

Debora ist hier am Stausee des Dnjepr geblieben, wo sie während der Bauzeit des Kraftwerks mit anderen Deportierten als Arbeitskraft hergebracht wurde. Seit Juni sind die Sicherheitsvorkehrungen drastisch. Zu Alarmübungen heulen Sirenen, die Dachböden müssen wegen Brandgefahr bei möglichen Fliegerangriffen entrümpelt, die Fenster abends verdunkelt werden. Gräben zum Schutz gegen Granatsplitter werden ausgehoben, auch ein Netz von Panzerabwehrgräben gezogen. Das alles sagt genug, so siegessicher die Nachrichten im Radio auch klingen.

Es kommen viele Flüchtlinge her, Juden aus Bessarabien. Werden sie, die Einheimischen, auch noch von hier flüchten müssen? Oder erledigt das der Staat durch Abtransport Richtung Osten?

Bei der Arbeit trifft Debora jeden Tag Franzi Neufeld. Sie sind beide weiterhin in der Werksküche tätig und seit sie sich hier begegneten, eng befreundet. Oft tauschen sie ihre Gedanken aus, sind froh, dass sie sich gegenseitig haben.

Das Kraftwerk ist natürlich besonders gefährdet. Was soll aus Philipp werden, wenn sie hier bei einem Angriff umkommen? Das ist Franzis größte Sorge. Der Junge ist jetzt elf. Franzis Onkel und seine Frau sind griesgrämige alte Leute, die Kinder nicht mögen. Am liebsten hätten sie Franzi aus dem Haus. Andererseits nutzen sie ihre Arbeitskraft aus, verlangen, dass sie nach Feierabend für sie zur Verfügung steht. Für Philipp würden sie kaum oder nur widerwillig sorgen.

„Wenn's mich nicht zu gleicher Zeit trifft, werde ich mich um ihn kümmern, ganz klar. Aber alles ist Spekulation."

„Als Sascha an die Front musste, hat er mir angeboten, den Jungen zu seinen Eltern aufs Land zu bringen. Philipp kennt sie ja."

„Warum tust du's nicht? Schule findet augenblicklich ohnehin nicht statt."

„Ich kann nicht. Weißt du, die ganze Zeit habe ich seiner stummen Werbung widerstanden. Ich schätze ihn sehr, denn welcher Mann außer ihm würde sich so verständnisvoll verhalten? Philipp sieht in ihm sicherlich einen Vater, denn seinen kennt er ja nicht. Ich würde mich Sascha also damit ausliefern, und wie gesagt: Das kann und will ich nicht."

„Hoffen wir also, dass wir alle verschont bleiben."

Der Werksleiter schaut ab und zu in der Küche herein. Er sorgt stets, etwas zusätzlich für seine Leute in die Töpfe zu bekommen. Eigentlich ist er längst Rentner, aber anstelle des Jüngeren nun im Einsatz. Franzi und Debora sind sicher, dass man ihn nicht als Spitzel fürchten muss.

„Wovor wollt ihr denn verschont bleiben?", fragt er und gibt gleich selbst eine Antwort: „Vor der Front gewiss nicht, die rückt ran. Ich höre es am Maschinengewehrfeuer, das immer näher kommt. Es klingt anders als unser russisches. Die Deutschen sind nicht mehr weit." Und nachdem er sich noch einmal vergewissert hat, dass niemand in Hörweite ist, fügt er sehr leise väterlich hinzu: „Wenn ihr in den nächsten Tagen nicht zur Arbeit kommt, teile ich Irina und Natascha für die Küche ein. Deutsche wie ihr sollen jetzt ausnahmslos ins Hinterland gebracht werden. Also ..."

Was der Werksleiter sagt, stimmt. Sie haben aber keine Fahrzeuge zum Abtransport zur Verfügung. Also kommt der Befehl, jeder habe sich selbst ostwärts davonzumachen. Aber dawai, dawai!

Franzi und Debora verbergen sich mit anderen in einem Unterstand. Was dann geschieht, ist verbrieft und wird zitiert.

Der Vorsitzende des Gebietssowjets hat gedroht: „Wer nicht flieht, wird erschossen!" Aber die meisten Volksdeutschen warten sehnsüchtig auf die Ankunft der Wehrmacht und wollen sie mit Jubel und Blumen empfangen.

Man kann beobachten, dass sich die Russen aus einem zwei Kilometer entfernten frisch ausgehobenen Panzergraben zurückziehen. An die hundert Gefangene werden gemacht. Es fällt kein Schuss. Die Russen sind froh, dass der Krieg für sie zunächst ein Ende hat. Denn anstatt dass man sie – wie ihnen immer gesagt worden war – standrechtlich erschießt, bekommen sie Essen aus der deutschen Feldküche und werden nach Hause geschickt. Die Rotarmisten können es kaum fassen.

Alle Anwohner um den Staudamm haben auf Warnung hin ihre Orte schon verlassen. Es wird ihre Rettung! Die Russen sprengen nämlich nicht nur die beiden Brücken über den Fluss, während die Trecks der Ukrainer, der bessarabischen Juden und der Russen über sie hinweg ostwärts fahren. Sie sprengen auch die Staumauer. Die riesige Flutwelle reißt alles mit sich fort, auch die Tausende von Flüchtlingen, die auf den Wiesen am flachen Ostufer des Dnjepr lagerten.

Der Fluss wird zur Schicksalsgrenze. Diesseits, am Westufer, herrscht bereits Besatzungszeit. Das Ostufer kann erst sieben Wochen später eingenommen werden. Da werden viele von denen, die dort sehnlich gewartet haben, noch eingefangen. Sie landen im äußersten Osten und Norden. Wo die Besatzung dann hinkommt, werden die bis dahin zweckentfremdeten Kirchen gesäubert und wieder geöffnet.

Hin und wieder werden evangelische Gottesdienste auch von Feldgeistlichen gehalten. Erleichtert stellen die Gemeindeglieder fest: Sie predigen Gottes Wort – keine Politik, wie man anfangs fürchtete.

Kleiderlieferungen kommen aus Deutschland, Medikamente. Es werden Lebensmittel verteilt. Die Militärärzte kann man in schwierigen Krankheitsfällen rufen. Christliche Schulen werden wieder eröffnet, Lehrbücher aus Deutschland eingeführt.

Die Leute aus dem überschwemmten Staudammgebiet bekommen andere Wohnorte angewiesen, wo viele Häuser leer stehen. So kommen Franzi und Debora – sie halten zusammen wie Schwestern – nach Shdanowo. Philipp, der vorher in der Schule Russisch sprechen musste, hat nun Unterricht in Deutsch. Es werden alte Lehrer mit herangezogen, die auch Religion erteilen. Das Leben verläuft fast wie früher.

Anfang Oktober dringen die deutschen Truppen in die Molotschna vor. Als sie in deutsche Dörfer kommen, die sie an der Bauweise und den Ortsnamen erkennen, sind sie fast leer.

Nur wenige alte Leute treffen sie an. Ein Großmütterchen fragen sie nach den Einwohnern. „Stalin hat sie alle fortgeschafft!“, lautet ihre Auskunft. „Wir hatten uns verkrochen und sind durch euch nun gerettet!“

Nach und nach trauen sich immer mehr Menschen aus Verstecken hervor, und die Kartoffel- und Rübenernte kann eingebracht werden, die Winteraussaat erfolgen. Es wird eine Landverwaltung eingesetzt.

Als die beiden Frauen hören, dass auch ihre alte Heimat Halbstadt und Ohrloff wieder unter deutsche Verwaltung kommen soll, erwägen sie zurückzugehen. Aber Angehörige würden sie ohnehin nicht antreffen, also können sie auch bleiben wo sie sind. Dieser Entschluss soll später ihr Glück sein, aber davon können sie zu diesem Zeitpunkt noch nichts ahnen.

Eine so genannte Volksdeutsche Mittelstelle wird eingerichtet, die der zivilen Verwaltung, zum Teil aber auch der des Heeres untersteht. Von dort aus werden die Schulen in Gang gehalten, sogar Lehrer aus Deutschland eingesetzt. Eine Bildungsanstalt für Lehrkräfte entsteht in der westlichen Molotschna.

Krankenhäuser werden wieder funktionsfähig gemacht, auch mit medizinischem Personal und Geräten aus Deutschland ausgestattet. Die Bevölkerung wird mit Lebensmitteln, Kleidung und Schuhwerk versorgt. Die Menschen machen wieder Pläne für die Zukunft. Es scheint ja, als etabliere sich hier für alle Zeiten deutsche Oberhoheit.

Das Land der Kolchosen wird 1942 wieder in Einzelwirtschaften aufgeteilt. Wer früher keine Äcker besessen hat, erhält siebeneinhalb Hektar. Die Ernte 1943 soll schon in jedem Hof ausgedroschen werden. Leider dauert die Freude nicht lange. Bald müssen sie fliehen, diesmal westwärts. Die deutschen Truppen sind auf überstürztem Rückzug. Zwischen Witebsk und dem Schwarzen Meer haben die Sowjets eine gewaltige Offensive begonnen, und es gelingen ihnen tiefe Einbrüche in die deutsche Front. Hitler weigert sich erst, den Befehl zum Rückzug hinter den Dnjepr zu geben, und doch ist er nicht aufzuhalten.

Die Volksdeutsche Mittelstelle sorgt für Züge, damit die Zivilisten, die keine Fahrzeuge haben, auch fortgelangen.

Die Trecks erhalten Versorgung, medizininische Betreuung und Begleitschutz, aber nicht alle erreichen rechtzeitig die schon erwähnte Schicksalsgrenze.

Dagegen kommen die Deutschen westlich des Dnjepr alle mit fort – ein glücklicher Umstand für Franzi und Debora.

Philipp ist zu dieser Zeit fünfzehn, körperlich zart, aber ein Musterschüler. Für ihn ist das alles ein prickelndes Abenteuer. Er wünscht sich nicht, dass sie im Warthegau angesiedelt werden wie vordem die Deutschen aus Bessarabien, Galizien und den anderen Gebieten, die 1940 dem Reich einverleibt wurden. Er möchte viel lieber ins zentrale Deutschland. Noch ehe an Rückzug zu denken war, hatte er die Karte studiert und in der Schule viel gefragt. Nun ist es so weit. Was die anderen als Abschied empfinden, ist für ihn die Erfüllung seines Traumes.

Vom Auffanglager werden sie nach Leipzig geschickt, und das ist ihnen recht. Sie bekommen nach einer Zeit in Gemeinschafts-Unterkünften eine kleine Wohnung am Stadtrand zugewiesen.

„Lass' uns Gott danken", sagt Franzi immer wieder, „er hat uns hierher geführt. Nun wird er auch bis zum Kriegsende seine Hände über uns halten."

Das also ist Deutschland. Hatten sie es sich so vorgestellt? Die Lebensart unterscheidet sich gewaltig von der ihren. Aber man darf nicht vergessen, der Krieg drückt allem seinen Stempel auf.

Beide Frauen arbeiten in einem Rüstungsbetrieb. Sie haben freundliche Kollegen, doch engere Kontakte ergeben sich nicht. Jeder ist abends froh, wenn er sicher zu Hause ist. Fliegeralarm gibt es zwar nicht ganz so oft wie in vielen anderen Städten. Aber man geht nicht fort, wenn es nicht sein muss.

Philipp besucht die Oberschule. Er hat sehr rasch den Anschluss geschafft und ist hier genauso wie in Russland einer der Klassenbesten. Er hatte keine Schwierigkeiten, sich einzuleben. Manchmal geht er zu Mitschülern, um mit ihnen Hausaufgaben zu machen. Sie stehen als Fünfzehn- und Sechzehnjährige in der Gefahr, schon als Flakhelfer – an Fliegerabwehrkanonen – eingesetzt zu werden. Manche wünschen es sich sogar. Philipp dagegen spinnt seine Pläne weiter, was er nach dem Krieg machen wird.

Auch Debora spricht oft von der Zukunft. Dass Daniel auch in einem Lager sein könnte, erwägt sie überhaupt nicht mehr. Sie ist überzeugt, er wartet auf sie wie sie auf ihn.

„Sobald Frieden ist, schreiben wir nach Amerika, nicht wahr? Von hier aus werden wir sehr bald Verbindung bekommen, und dann ..."

„Ich wünsche mir nur, von Gottfried zu hören. Weiter denke ich noch nicht. Wir beten schließlich: Unser täglich Brot gib uns heute – nicht schon für morgen und übermorgen."

„Hast Recht, Franzi. Dennoch: Die Gedanken sind frei. Und meine schwingen sich eben hoch und weit. Lass deine samt allen Wünschen und Träumen doch auch fliegen!"

XV

In Gnadenfeld in Kansas halten die deutschen Einwanderer regelmäßig Fürbittgottesdienste für alle Freunde, Verwandten und Glaubensgeschwister, die in Russland geblieben sind. Dass es keine Gemeinden mehr gibt, ja dass die Kirchen geschlossen sind, haben sie gehört. Was sich aber seit 1941 im Einzelnen dort zugetragen hat, wissen sie nicht.

Amerika ist seit dem Überfall auf ihre Flotte in Pearl Harbor auch Kriegspartei gegen Deutschland, und Russland damit ein Verbündeter. Da wird über ‚den Feind' berichtet. Was sich aber im Innern seines Landes zuträgt, lässt Stalin nicht laut werden.

Harry Sailers Kontakte sind längst abgerissen. Die letzte Berichterstattung bekamen sie von Gottfried Neufeld, als ihn der Vater 1937 aus China abholte. Doch er konnte nur erzählen, wie es in dem Arbeitslager zuging und wie ihm die Flucht gelang. Von den Ereignissen im Lande hatten die Gefangenen gar nichts mitbekommen. Sie vegetierten nur dahin als lebendige Arbeitsmaschinen. Die Hölle, die unter dem Diktator los war, hatte ihm der Arzt beschrieben, der ihm unterwegs ein Stück weiterhalf. Und selbst der kannte nur die Bedingungen der Verbannung.

Gottfried wird mit Jubel empfangen. Seine Eltern sind glücklich. Für ihn aber bricht die Welt zusammen, als er Franzi und den Jungen nicht antrifft. Dabei ist er nicht nur zuversichtlich, nein, fast sicher gewesen, sie hätten es noch geschafft. Das liegt nun als tiefer Schatten auf seiner Freiheit.

Großvater Jakob ist schon lange tot, er starb ein halbes Jahr nach der Ankunft in Gnadenfeld und hat nichts mehr wahrgenommen. Lukas, sein Bruder, hat ihn bis zum letzten Tag mit gepflegt. Der wäre jetzt hundert und lebte bis in sein achtundneunzigstes Jahr, körperlich und geistig frisch. Er kam bei einem Verkehrsunfall um.

Gottfrieds Vetter Dietrich, jetzt siebenundvierzig wie er, Matthias Wiebe und Daniel Krüger haben ihn in ihre Mitte genommen, damit er Abstand bekommt von den traumatischen Erlebnissen. Alle drei haben Familien, da steht ihm ständig Franzi vor Augen. Wo mag sie sein, wie geht es ihr, wo ist Philipp? Er ist doch nun schon ein großer Junge ...

Ja, die anderen haben Frau und Kind – auch Daniel seit 1939.

Als der Krieg ausbrach und gar keine Aussicht mehr bestand, dass Debora je zu ihm kommen könnte, entschloss er sich, Kathy zu heiraten. Er war immerhin schon dreiundvierzig und hatte zehn Jahre gewartet. Sie haben nun ein kleines Mädchen, Debby. So darf er im Traum schon einmal Debby anstatt Kathy sagen, wenn seine Gedanken bei Debora sind.

Vielleicht würde er eher vergessen können, wenn er nicht um die schlimmen Lebensverhältnisse wüsste, die Gottfried bestätigen musste. Vielleicht ist Debora auch in einem Lager?

Manchmal, wenn Kathys Grobschlächtigkeit ihm zusetzt, steht ihm immer wieder Debora vor Augen, die sich durch den zeitlichen Abstand natürlich noch verklärt hat. Dann bittet er den Vater im Himmel, er möge ihm den Ehebruch vergeben, den er in Gedanken so oft begeht.

Hannes und Heiner Krüger sind jetzt Handwerksmeister. Wenn Peter und Elisa ihre Söhne erleben könnten! Dass die beiden nichts von ihren Eltern wissen, ist vielleicht gut. Sie werden über deren Schicksal wahrscheinlich nie etwas erfahren.

*

Elisa lebt jetzt mit Berthold Weiß, einem Vorarbeiter im Fischverarbeitungswerk. Sie hat lange gezögert und mit Ruth, die ihr Gewissen beruhigen sollte, Nächte durchwacht.

Georg Frisch ist bisher nicht wiedergekommen, dass er ihnen hätte erzählen können, ob er Peter Krüger vielleicht irgendwo angetroffen hat.

Von Wilhelm Cornies und von seinem Vater Emanuel sind dagegen nacheinander zwei Briefe eingetroffen, die offensichtlich weit außerhalb ihrer Lager aufgegeben worden waren. Der Text war jeweils so gehalten, dass kein Verdacht auf jemand fiel, die

Post herausgeschmuggelt zu haben. Es war jedoch in beiden von der großen Freude die Rede, die sie erlebt hatten. Sie wussten, dass Ruth und die Kinder am Leben sind. Und sie baten weiter um deren Gebete, dass ihnen vergönnt sei, durchzuhalten.

Seither hat der Alltag für Ruth wieder Sinn bekommen. Der Gedanke, dass die Männer ihre Adresse kennen – also wissen, wo sie sie bei der Freilassung finden – ist ein Lichtstrahl am Horizont. Nur Georg Frisch kann der Mittler gewesen sein.

1942 werden etliche entlassen, deren zehn Jahre längst um sind. Man hat sie nun zur Verstärkung der Trudarmee, einer Art Arbeitsdienst, vorgesehen. Manche meinen aber, sie sollen als Sondertruppe, als Kanonenfutter sozusagen, an die vorderste Front. Verständlich, dass sie nicht ins Rampenlicht wollen.

Doch wo sie bei Verwandten unterkommen, gibt es Freunde und Bekannte, die Angehörige in Lagern haben. Die bestürmen sie, ob sie von dem einen oder anderen etwas wüssten. Einer kennt – o Wunder bei der Vielzahl der Lager – Peter Krüger. Und er erzählt, dass der als Todkranker zurückblieb, als die anderen entlassen wurden, und inzwischen sicherlich gestorben sei. Dabei habe er die ganzen Jahre mit solcher Zähigkeit ums Überleben gekämpft. Immer wieder habe er auch von seinen Söhnen gesprochen und sich Sorgen gemacht, ob sie wohl einen gottgefälligen Weg gingen. Das würde er nun nicht mehr erfahren, meinte der ehemalige Mitgefangene betrübt.

Von diesem Tage an wendet Elisa sich Berthold zu. Er ist Witwer, ein gutmütiger Mensch, an den eine Frau sich anlehnen kann. Auch er ist erleichtert zu hören, dass Elisas Mann offenbar nicht mehr am Leben ist. Heiraten können sie aber nicht, bevor eine schriftliche Todesnachricht vorliegt. Doch ob man die Angehörigen jedes verstorbenen Lagerinsassen je unterrichtet, darf bezweifelt werden. Hätte Elisa sich bestätigen lassen sollen, was sie mündlich erfuhr?

Berthold ist kein Mennonit, aber ein orthodoxer Christ, ein Mensch jedenfalls, der Gott fürchtet – im besten Sinne. Er und Elisa leben fortan in innerem Frieden miteinander, jeder froh, nicht mehr allein zu sein.

„Ich müsste dich eigentlich beneiden“, sagt Ruth.

„Ja. Aber du weißt, dass Wilhelm und der Vater leben. Wenn sie auch zehn Jahre haben, kommen sie bald.“

An einem frühen Abend im März 1943 klopft es an Ruths Fenster. Ein Klopfen, das nicht wie das der Geheimpolizei klingt. Sie erschrickt trotzdem, hastet erwartungsvoll an die Tür.

Draußen steht eine Frau, das Gesicht unter dem Kopftuch nicht erkennbar. Eine schäbige Jacke trägt sie, einen schleifenden Rock.

„Lass mich ein!“, sagt sie und drängt sich auch schon durch den offenen Spalt.

„Wer bist du?“ Ruth versucht die Fremde zurückzudrängen. Da reißt sie das Tuch herunter. Ein Aufschrei der Mutter – denn es ist Michael. Die Haare zwar lang und hinten zusammengebunden, dennoch unverkennbar. Auch die Stimme.

Ruth nimmt ihn einfach in die Arme und drückt ihn an sich. Dann will er zunächst nur eins – schlafen. Was geschehen ist, erzählt er am anderen Tag.

Die Wolgarepublik, wohin er mit dem Mädchen Anna gegangen war für ein vermeintlich besseres Leben, ist 1941 aufgelöst worden. Er hat einen Zeitungsfetzen mit, da ist ein Erlass des Präsidiums des Obersten Sowjet in deutscher Sprache abgedruckt. Man kann es noch lesen, obwohl das Papier arg abgegriffen ist.

Darin wird in umständlicher Sprache die Aussiedlung der Deutschen aus den Wolgarayons verfügt, denn „die Militärbehörden haben erfahren, dass unter ihnen Tausende und Abertausende Spione und Saboteure sind, die auf ein Signal aus Deutschland Explosionen auslösen werden.“

Zur Vorbeugung gegen Attentate und zur Vermeidung ernsthaften Blutvergießens soll die gesamte deutsche Bevölkerung in andere Rayons geschickt werden. Zur Neuansiedlung werden die Gebiete um Nowosibirsk und Omsk, im Altai und in Kasachstan bestimmt.

„Es steht natürlich nicht dabei, was vor der so genannten

Aussiedlung geschah“, erzählt Michael weiter. „Alle jungen Männer wurden zu einer Registrierung einberufen und kamen nicht wieder. Als ich davon hörte, habe ich mir bei Annas Großmutter alte Kleidung geholt und mich davongemacht. Es hat lange gedauert, bis ich mich hierher durchschlagen konnte. Inzwischen sind die Haare gewachsen ...“

„Und Anna?“

Michael winkt ab. „Ach, ich war ja so dumm. Sie fand sehr schnell einen anderen, und für beide war ich der Bursche, der heranzuschaffen hatte, was sie brauchten. – Mutter, verzeihst du mir, dass ich dich damals im Stich gelassen habe?“

„Wenn du nur heimgefunden hast!“ –

Barbara, Michaels Schwester, ist bis heute bei der Mutter geblieben. Sie hat schon den zweiten Freund durch eine Verurteilung verloren. „Antisowjetische Agitation“ wurde ihm vorgeworfen. Dafür lautet das jetzt übliche Strafmaß: fünfundzwanzig Jahre.

In diesen Tagen kommt unvermutet Georg Frisch zurück nach Irkutsk. Sein Auftrag sei beendet, hat ihn die Regions-Verwaltung schon lange wissen lassen. In Wahrheit waren sie gemaßregelt worden für einen so eigenmächtigen Schritt zur Erfüllung einer Auflage. Er ignorierte die Botschaft, die in verschiedenen Lagern auf Grund telefonischer Anrufe auf ihn wartete, und zog weiter.

Noch verfolgte er ein Ziel. Zuletzt kam er in das Lager Nummer 3 bei Workuta, am Nordende des Uralgebirges im Gebiet des Volksstammes der Nenzen, wo Steinkohle für Leningrad gefördert wird. Dort gab es Listen der hierher Verschleppten, die er einsehen konnte. Der Name Sebastian Frisch war dabei. Er war – abgehakt. Mit dieser kleinen Signatur verlor der Arzt jegliche Antriebskraft für sein Tun. Wohin nun? Er hätte irgendwo bleiben können, es war gleichgültig, wo. Aber in Irkutsk hatte er ein kleines Zimmer hinterlassen, und – wie er nun feststellte – es war inzwischen nicht einmal annektiert worden.

An einem seiner ersten Abende nach der Rückkehr sitzt er,

genauso wie an seinem letzten vor der Abfahrt 1935 – acht Jahre später also – bei Ruth Cornies. Elisa und Berthold sind auch gekommen. Er berichtet stockend, wie ihm die Dinge und Ereignisse nacheinander einfallen. Die Mosaiksteine ergeben ein Bild.

O ja, er hat auch Peter Krüger getroffen, noch vor den beiden anderen. Auch ihm hat er Stift und ein Stück Papier heimlich in die Hand gedrückt und die paar Zeilen später irgendwo auf den Postweg gebracht. Warum dieser Brief nicht ankam, weiß er natürlich nicht. Im Sowjetstaat ist das jederzeit Glückssache.

Jedenfalls war der Peter, den er damals antraf, zwar abgezehrt, ja dürr. Aber er war nicht ernsthaft krank und steckte voll Energie, fürs Heimkehren zu kämpfen. Unentwegt beschäftigte ihn, was wohl aus den Söhnen geworden war.

Aber genauso wie er, Georg, sein Stopp-Zeichen in Workuta nicht ignorieren konnte, könnte auch Peter einmal zu zermürbt gewesen sein, um das Ziel weiterzuverfolgen. Georg hatte für jeden gehofft. Bitter, was der Mithäftling nun berichtete. – Michael wüsste gern, wie viele Werst Georgs Schlittenkufen gesehen haben. O Gott, er weiß es nicht, nein. Es müssen Tausende und Abertausende gewesen sein.

1944 kommen endlich auch die Cornies-Männer zurück. Beide sprechen hernach viel von Wundern, die an ihnen geschehen sind. Dass sie bis hierher überlebten, ist auch eines.

Zuerst trifft Emanuel ein, nun zweiundsiebzig Jahre alt. Erstaunlich, was auch ein jahrelang missbrauchter Körper noch zu leisten vermag. Doch das Ziel war die Antriebskraft, den Weg zu schaffen. Er braucht gute Pflege, um sich zu erholen. Aber er hat auch einen guten Arzt, dem zwar kaum Medikamente zur Verfügung stehen, der jedoch mit natürlichen Mitteln umzugehen weiß.

Wilhelm kommt drei Monate später, weitaus mehr angeschlagen als der Vater, obwohl er erst fünfzig ist. Die Nachricht, dass sein kleiner Johannes nicht mehr lebt, wirft ihn wochenlang aufs Krankenbett. Doch auch er wird – Gott sei Dank – wieder gesund.

Beide erzählen später, wie viele ihrer Mitgefangenen das Lager zwar verließen, aber doch nur physisch noch existierten, weil sie seelisch unter den Foltern und Erniedrigungen vollkommen zerbrochen seien. Wilhelm und Emanuel wissen, es war der Glaube an Gott, der sie davor bewahrt hat. Auf Adlers Flügeln, wie es in einem Lied heißt, hat er sie getragen. Trotzdem braucht es Zeit, ehe sie ganz ins Leben zurückfinden. Wenn sie zusammen beten, steht der Dank immer an erster Stelle.

Georg wird in der Familie mit versorgt. Ohne ihn hätten die Gefangenen nie den Verbannungsort der Familie erfahren. Wo hätten sie auch suchen sollen? In der Molotschna ganz gewiss nicht.

Wie sich inzwischen das Kriegsgeschehen entwickelt hat, war ihnen übrigens auch nicht bekannt. Die Posten hatten nur brockenweise etwas durchsickern lassen. Jetzt ist die Front weit. Allerdings nicht weit genug, um nicht noch eingezogen zu werden. Die Parteifunktionäre haben wachsame Augen.

So geht Emanuel mit arbeiten, Netze flicken für die Fischer. Er hat das Alter, das für Soldaten nicht mehr gefragt ist. Georg wollen selbst die Genossen hier behalten, er ist weit und breit einer von ganz wenigen Ärzten – und er nimmt nur Geld von denen, die es bezahlen können.

Die Lagerinsassen mussten bei der Entlassung unterschreiben, nichts verlauten zu lassen, wie es ihnen ergangen ist – sonst drohe sofortige Wiederverhaftung. Beide, Emanuel und Georg, hüten also sorgfältig ihre Zunge, wenn sie nach etwas gefragt werden, das irgendwie politisch ausgelegt werden könnte. Wilhelm und Michael kommen nicht in solch eine Versuchung, sie lassen sich draußen nicht sehen. Niemand darf auf sie aufmerksam werden. Eine andere Art Gefangenschaft, aber die müssen sie auf sich nehmen. O gnädiger Gott, lass doch diese Schreckenszeit einmal zu Ende gehen!

*

Elisa Krüger fällt auf, dass Berthold in letzter Zeit oft bedrückt ist.

„Was hast du nur, bist du krank?"

„Mein Magen rebelliert manchmal. Aber das ist weiter nichts."

„Bitte, geh trotzdem zum Arzt. Soll ich ihm sagen, dass er einmal bei uns hereinschaut?"

„Nein, lass nur. Ich gehe zu ihm."

„Versprochen?"

„Versprochen!"

Und er meldet sich gleich für den nächsten Nachmittag bei ihm an.

„Georg, ich muss mit dir reden. Falls Elisa dich fragt: Sage ihr, dass mein Magen sicherlich in Ordnung ist, ein bisschen nervös vielleicht nur. Ob du ihr mehr erzählst, musst du später selbst entscheiden. Hör zu: Wir haben kürzlich einen Ehemaligen für eine Nacht bei uns aufgenommen, der aus einem Holzfäller-Lager kam und auf dem Weg zu seiner Familie war. Er sagte, dass er es nicht mehr weit habe, aber erst noch einmal rasten müsse.

Wir gaben ihm zu essen, aber er nahm nur wenig. Dabei sah er zum Erbarmen aus, so abgezehrt. Elisa fragte, in welchem Lager er war: an einem Zufluss des Chilok etwa? Sie wisse, auch ihr Mann musste die Jahre hindurch dort Holz machen. ‚Hast du ihn etwa gekannt?', fragte sie, ‚er hieß Peter Krüger.' – ‚Ach, am Chilok gab es doch nicht nur ein Lager!', antwortete er. Elisa sagte: ‚Da war schon ein anderer Entlassener, der hat ihn gekannt. Er war sicher, Peter sei tot.' Darauf nickte er. Es seien wirklich viele, sehr viele an der schweren Arbeit zugrunde gegangen.

Wir machten ihm ein Lager in der Küche zurecht. Als ich später noch einmal hineinging, nahm er grade seinen Beutel, um sich davonzumachen. ‚Wo willst du hin?', fragte ich. ‚Bist du nicht zufrieden?' Da schaute er mich an. ‚Sie hat mich nicht erkannt, Berthold. Sei gut zu ihr. Ich danke dir.'

Ich war wie vor den Kopf geschlagen. ‚Aber du kannst doch

nicht ...!‘, stammelte ich. ‚Leise!‘, mahnte er, ‚sie darf uns nicht hören. Sag morgen, der undankbare Kerl hat sich fortgeschlichen. Er konnte es wohl nicht erwarten, bald heimzukommen ...‘

‚Aber ...‘ – ‚Kein Aber. Ich gehe. Für Elisa bin ich tot, und das ist – wie die Dinge liegen – gut so. Bringe sie bitte nicht in Zwiespalt.‘ Er ging zur Tür und öffnete sie ganz leise.

Ich ging mit ihm hinaus, und wir entfernten uns ein Stück weit vom Hause. ‚Wenn du wirklich Peter bist‘, sagte ich, ‚dann bist du hier daheim.‘ ‚Du zweifelst, dass ich's bin? Du hast mich doch nie gesehen.‘ ‚Aber ich kenne dein Bild. Hast du nicht entdeckt, dass es auf der Kommode steht? Da ist doch kaum Ähnlichkeit. Und wenn deine eigene Frau dich nicht erkennt ...‘ Er atmete schwer. Mir schien, als würgte er Tränen hinunter.

Seine Sätze kamen stockend. ‚Als ich merkte, dass Elisa nicht einmal Verdacht schöpfte, habe ich in den Spiegel geschaut, das erste Mal seit all den Jahren – und bin selbst erschrocken über den fremden Mann. Meine Stimme war früher auch nicht so rau. Der erste Schock war schlimm. Aber wie gesagt: Ich weiß sehr genau, was ich zu tun habe. Ein Mennonit geht immer den unteren Weg. Nicht wahr, du bist keiner? Aber vielleicht wirst du's noch. – Sag mir nur noch, was ist mit Hannes und Heiner?‘ Jetzt saß mir ein Kloß im Halse: ‚Niemand weiß, wo sie sind.‘ Denn was für eine Lüge hätte ich erfinden sollen, um barmherzig zu sein?

Als er sich zum Gehen wandte, versuchte ich ihn zu halten. Er schüttelte mich ab. Seine Arme hingen herab wie gebrochene Flügel. Ich habe ständig vor Augen, wie er in der Dunkelheit verschwand.

Georg, was soll ich tun? Muss ich es ihr sagen? Hätte ich ihn mit Gewalt zum Bleiben zwingen sollen? Ich grüble auch, was anders liefe, wäre ich Mennonit. Als Orthodoxem sind mir die Regeln dieser Kirche bis heute fremd geblieben. Über all dem finde ich selbst nachts keine Ruhe."

„Willst du, dass auch Elisa ihr Leben lang leidet? Du wirst damit umgehen müssen. Aber für sie respektiere Peters Willen, komme was wolle."

„Sprichst du als Freund oder als Arzt?"

„Ich bin beides für dich. Aber wir wollen damit zur höchsten Instanz gehen, die all die Schicksale kennt, die dieses Regime heraufbeschworen hat. Gott fragt nicht nach Kirchenzugehörigkeit, er ist für alle da, die ihn suchen. Komm, lass uns beten!"

XVI

Ende Februar 1945. Leipzig Hauptbahnhof. Ein Zug nach Köln wird bereitgestellt. Rücksichtloses Gedränge, jeder versucht eine Waggontür zu erreichen. Bis vor kurzem kamen die Menschen aus dem Westen hierher, um den Bombenangriffen in ihren Städten zu entgehen. Heute wurde bekannt, dass Dresden eingeäschert ist ...

Aber die zwei Frauen und der Junge, die sich einen Platz erkämpfen, fürchten nicht so sehr die Bomben, sondern viel mehr die immer weiter anrückende Rote Armee. Herrgott, nur nicht den Russen in die Hände fallen! Niemand weiß so gut wie sie, was das bedeutet.

Franzi, Philipp und Debora haben jeweils nur zwei Taschen gepackt, mehr Gepäck hätte sie beim schnellen Aufbruch nur behindert. Sie haben damit lange gezögert, immer in der Hoffnung, die Invasion werde noch gestoppt.

Wohin sie sich wenden sollen, wissen sie nicht. Irgendwo wird der Zug enden, irgendwo werden sie eine Bleibe suchen müssen. Ganz gleich, wo, wenn es nur weit, weit – so weit westwärts ist, dass die Russen nicht bis dorthin vordringen.

Philip ist jetzt siebzehn, aber durchaus erwachsen. Er muss sich in Acht nehmen, nicht aufgegriffen und zu irgendeinem Einsatz verpflichtet zu werden. Seine Mutter und Debora brauchen ihn. Wo werden sie landen? Wie wird es weitergehen?

*

Anfang Mai. Am Baikal. Sie sitzen alle zusammen in der kleinen Wohnung der Cornies-Familie: Wilhelm, Ruth und Großvater Emanuel, Barbara und Michael – beide sind inzwischen verlobt mit Walter und Alina, die sie bei streng geheim gehaltenen Gottesdiensten der Mennonitengemeinde in Kellern oder Wohnungen – einmal hier, ein andermal dort – kennen lernten.

Elisa Krüger und Berthold Weiß sind auch gerade da, als Georg Frisch kommt. Er ist sehr aufgeregt, denn er bringt die neueste Nachricht: „Habt ihr schon gehört? Der Krieg ist aus! Berlin ist gefallen, die Russen haben die Rote Fahne auf dem Reichstag gehisst. – Schaltet das Radio an!"

Musik ertönt und lauter Jubel: Sieg! Sieg!

Die Verbannten können nicht einstimmen. „Mir ist wirklich nicht nach Jubel zumute", sagt Emanuel, „im Gegenteil. Stalin wird sich jetzt noch despotischer gebärden. Was haben wir zu hoffen?"

„Ob wir einmal wieder nach Hause können, in die Molotschna?", denkt Wilhelm Cornies laut.

Emanuel schüttelt langsam den Kopf. „Wir haben kein Zuhause mehr, das wisst ihr."

„Ja, an unserer Verbannung ändert dieser Sieg nichts", sagt Ruth. Es klingt nicht einmal verbittert, eher ergeben.

Emanuel schaut in die bedrückten Gesichter der jungen Leute. Darf man sie dieser Aussichtslosigkeit preisgeben?

„Ich habe mit meinen dreiundsiebzig Jahren vom Leben nichts mehr zu erwarten. Aber ihr! Lasst euch niemals unterkriegen. Ich gebe die Hoffnung nicht auf, dass ihr noch einmal leben dürft – im tiefsten Sinn des Wortes."

„Großvater, sollten wir nicht zufrieden sein, dass wir beieinander sein können? Die meisten Familien sind zerrissen, wissen nicht einmal, wo Vater oder Mutter oder die Kinder geblieben sind. Ihr beide habt die Lager überlebt, habt uns gefunden. An welchem Ort wir wohnen, ist doch egal."

Elisa und Berthold fassen sich an den Händen und schweigen dazu. Dabei ahnt die Frau nicht, dass Bertholds Gedanken ganz andere sind als die ihren.

Georg zuckt die Schultern: „Für mich ist es ohnehin gleichgültig, wo ich lebe. Ich habe niemand mehr, nach dem ich suchen könnte. Aber ich will euch erzählen, was ich letzte Nacht für einen Traum hatte. Wir erlebten Freiheit, tatsächliche Freiheit. Es war so unglaublich, dass ich meinte, Flügel zu haben und über Grenzen zu schweben. Könnt ihr euch das vorstellen?"

„Um ehrlich zu sein: nein“, sagt Michael, und zu den anderen gewandt: „Oder ihr etwa?“

„Es war ja nur ein Traum“, sagt Barbara, „aber träumen ist schließlich nicht verboten. Einmal möchte ich schon erleben, wie das ist – frei sein ...“

*

Das Abkommen, das die drei Westmächte mit der Sowjetunion treffen, wird zunächst nicht öffentlich bekannt. Die es betrifft, würden es ohnehin für ein Gerücht halten, denn wer soll das glauben? Jeder russische Bürger, der sich glücklich als Flüchtling auf das Territorium einer der westlichen Besatzungsmächte gerettet hat, wird ausgeliefert. Insgesamt über eine Million. Da ist es zum Beispiel zwei russlanddeutschen Sträflingen gelungen, unter tausend Gefahren von den Goldminen Kamtschatkas nach Alaska zu fliehen. Sie wähnen sich schon in Sicherheit – und werden wieder den russischen Behörden übergeben.

Oder wer als Russlanddeutscher beim Rückzug 1943 in die deutsche Armee und 1945 in ein Kriegsgefangenenlager in Amerika oder England kam, den verrät dort sein eingetragener Geburtsort. So kommen mit Schiffstransporten aus den USA oder Großbritannien und in endlosen Güterzügen aus Deutschland und Österreich Unzählige wieder nach Russland – aufgegriffene Volksdeutsche und Kriegsgefangene, Kosaken und Ukrainer. Repatriierung nennt man das.

*

Der Mai ist in Kansas fast immer schön. Aber solch üppige, prächtige Baumblüte wie dieses Jahr gab es wohl noch nie.

„Ein Festkleid der Natur, dass dieser Krieg endlich vorbei ist.“

„Jetzt sollte es doch ganz schnell möglich sein, Verbindung nach Russland aufzunehmen“, frohlockt Gottfried Neufeld,

„die Alliierten sitzen mit Stalin an einem Tisch. Was soll uns da noch hindern?“

„Ja, wir wollen uns gleich bemühen. – Doch wo sollen wir suchen? Die alten Adressen sind hinfällig.“

„Aber einen Suchdienst wird es doch geben?“

„Ach, ihr kennt das Stalin-Regime nicht ...“

„Amerika wird seinen Einfluss geltend machen, ganz gewiss ...“

Dies ist das alles beherrschende Thema in Gnadenfeld.

„Daniel, wirst du nach Debora forschen?“, fragt Hannes Krüger, ohne dass Kathy es hört. „Vielleicht braucht sie Hilfe?“

„Ich werde sehen, wie eure Suche anläuft. Du wirst dich doch gewiss bemühen, deine Eltern zu finden.“

„Ja ja, natürlich...“

„Die Wiebes werden nach den Cornies’ fragen.“

„Harry Sailer will uns helfen, sich für alle ins Mittel legen.“

„Dann ist die Sache in besten Händen.“

Der Brief aber, der Ende Oktober eintrifft, ist keine Antwort auf die vielerlei Bemühungen. Er kommt aus den Niederlanden und ist adressiert an Martin und Hanna Neufeld, Gnadenfeld, Kansas, USA. Darunter der Vermerk: Falls nicht am Ort, bitte an Simon oder Dietrich Neufeld aushändigen. Der Absender lautet Philipp Neufeld.

Er schreibt: „Liebe Großeltern, ihr kennt mich nur als Einjährigen, als ihr 1929 zusammen mit meinen Eltern auswandern wolltet. Ich kenne euch ziemlich genau aus den vielen Erzählungen meiner Mutter Franzi. Sie ist damals zusammen mit mir gewaltsam in einen Zug gesteckt worden, der südwärts fuhr, und mein Vater wurde vom Bahnsteig weg verhaftet. Sie war aber überzeugt, dass ihr noch auf ein Schiff gelangt seid. Mutter blieb auch immer gewiss, dass Vater lebt. Sicherlich ist er wie so viele in einem Zwangsarbeitslager und wird eines Tages entlassen. Darum haben wir jeden Tag gebetet. Mutter musste am Dnjeprstaudamm arbeiten, in der Werksküche.

Als die deutschen Soldaten 1943 zurückgeschlagen wurden, sind wir mit ihnen nach Deutschland gelangt. Dann rückte die Rote Armee im Frühjahr immer weiter dorthin vor, so fuhren wir nach Westdeutschland, um den Russen nicht in die Hände zu fallen. Doch im August wurde Mutter zusammen mit Tante Debora (die auch immer von ihrem Verwandten in Gnadenfeld erzählte) zur amerikanischen Militäradministration bestellt. Beide sind nicht wiedergekommen, und so erging es vielen anderen auch.

Ich kann es nicht glauben, dass wirklich ein Abkommen bestehen soll, die Russlanddeutschen auszuliefern. Doch es wurde bekannt, dass sie es tun. Als ich zwei Wochen später die Aufforderung bekam, mich auch zu melden, bin ich nach Holland geflohen und dort bei einem Pastor untergekommen. Ihm habe ich von euch erzählt. Ich hoffe nur, dass ihr mir helfen dürft, denn von den Amis halte ich nichts mehr, seit sie mir nun auch noch die Mutter weggenommen haben ..."

Wieder nimmt der ganze Ort Anteil.

1946 bringt Gottfried Neufeld, den sein Vater vor neun Jahren aus China abholte, nun seinen Sohn aus Holland heim. Er wird mit Zuneigung überschüttet. Aber wahrhaft freuen kann sich keiner, denn da ist der Gedanke an Franzi. Alle erinnern sich zu genau an das, was Gottfried damals zögerlich, aber später doch in vielen Einzelheiten von Verbannung, Zwangsarbeit und Lagerelend erzählte. Welches Schicksal erleidet sie jetzt? Sie und ihre Freundin?

Philipp hat bald herausgefunden: Daniel Krüger ist der Mann, den Debora unentwegt in Gedanken hatte – der „Verwandte", an den sie sich wenden wollte. Wenn sie wüsste, dass dessen Tochter ihren Namen trägt!

Alle Versuche, etwas aus Russland zu erfahren, scheitern. Wer zurücktransportiert wurde, gilt als „Vaterlandsverräter", und ebenso werden auch die heimkehrenden Kriegsgefangenen bezeichnet und behandelt. Jeder, der einen Blick in die westliche Welt getan hat und womöglich davon erzählen könnte, muss beseitigt werden. Das heißt, er wird von nun an in einer Gold- oder Bleimine schuften, bis er dort verkommt. Die deutschen Kriegsgefangenen füllen die Armeen kostenloser

Arbeiter in eigenen Lagern im eisigen Norden und weit im Osten auf.

Gottfried Neufeld hatte die Lagerqualen schon weit ins Unterbewusstsein verdrängt, nun führen ihn seine Albträume wieder hin. Jede Nacht. Am Tage ist er so oft wie möglich mit Philipp zusammen, um ihn erst einmal kennen zu lernen. Der Sohn muss immer wieder von der Mutter erzählen – wie sie ihm den Vater lieb gemacht hat, wie sie sich nie abbringen ließ, dass er lebt. Gottfried sieht sie so vor sich, wie er sie seit 1929 in Erinnerung hat: jung und frisch. Für ihn hat sie sich in den siebzehn Jahren nie verändert, eher hat die Zeit sie noch schöner gemacht.

Ebenso ergeht es Daniel Krüger, wenn er an Debora denkt. Er ist in letzter Zeit noch wortkarger als je.

Werden sich die Verhältnisse jemals ändern, wird man je erfahren, wo sie leben oder – starben?

XVII

Abermals gehen Jahre dahin. Philipp studiert Jura, er ist seines Vaters und der ganzen Familie Stolz. Als er am 5. März 1953 gerade sein letztes Examen ablegt, eilt die Nachricht um die Welt, dass Stalin tot ist. Sein Nachfolger heißt Chruschtschow. Ist das die Wende?

Ja, für drei kurze Jahre – die Zeit bis zum XX. Parteitag – gibt es Reformen, Veränderungen, die einen Hauch von Freiheit verheißen. In den Lagern wird Besuch erlaubt. Briefe dürfen geschrieben und abgeschickt werden. Auch ins Ausland?

Franzi und Debora, die zusammenbleiben konnten, haben in einem der zahlreichen Lager um Tambow an der Oka, südöstlich von Moskau, Zwangsarbeit zu leisten. Dass so viele Gefängnisse dicht nebeneinander liegen, hat einen historischen Grund: 1920 gab es hier Aufsehen erregende Bauernaufstände, die blutig zerschlagen wurden. Über das ganze Tambower Gebiet wurden damals Konzentrationslager für die Rebellen und ihre Familien angelegt. Nun sind darin Fabrikationsräume für die Häftlinge eingerichtet.

Die beiden Frauen arbeiten in einer Näherei. Zwölf Stunden am Tag mit nur einer Pause.

Als Briefe freigegeben werden, verfasst Franzi eine kurze Nachricht an die Schwiegereltern, adressiert nach Gnadenfeld in den USA. Sie fügt ganz formell Grüße bei von Debora Reimers aus Halbstadt, in der Hoffnung, dass sie auf diesem Weg bei Daniel ankommen. Ein Offizier, der nach Moskau fährt, verspricht die Post dort auf den Weg zu bringen. Wahrscheinlich vergewissert er sich aber sehr lange, ob man das bisher Ungeheuerliche jetzt tun darf, ohne sich selbst zu schaden.

*

Franzis Lebenszeichen kommt tatsächlich in Amerika an, wenn auch erst 1955. Dies ist das Jahr, in dem Bundeskanzler Adenauer Moskau besucht und mit Chruschtschow die Freilassung deutscher Kriegsgefangener aushandelt. Dieser gibt sich als der humane Machthaber aus und behauptet, es gäbe keine politischen Gefangenen mehr. Er verschweigt, dass diejenigen Männer und Frauen, die man für kostenlose Schwerarbeit – für Kanalbau etwa und für Nachschub in den Bleiminen – braucht, als Kriminelle eingesperrt werden.

Für die Deutschstämmigen in der Sowjetunion gilt fortan mehr Freizügigkeit. Die Meldepflicht wird aufgehoben, und die Menschen erhalten Erlaubnis, den Verbannungsort zu verlassen. Nur in den Heimatort dürfen sie nicht ziehen.

Wohin also? Viele entscheiden sich schließlich für Moskau oder die nahe Umgebung der Stadt. Das hat einen besonderen Grund. Es wird zwar nicht lautstark bekannt gemacht, sickert aber durch, dass man Antrag auf Übersiedlung nach Deutschland stellen kann. Solche Anträge bearbeiten natürlich die Moskauer Behörden. Ein Nachweis der deutschen Abstammung muss allerdings erbracht werden. Wie gut, dass Ruth Cornies auf allen Wegen und Umwegen seit 1929 den Brustbeutel mit ihren Papieren immer bei sich gehabt und nie aus der Hand gegeben hat. Zuletzt glaubte sie, das sei umsonst gewesen, doch jetzt sind diese Unterlagen der Schlüssel zur Freiheit.

Ein Glück, dass sie nicht von Anfang an wissen, wie viel Bürokratismus zu überwinden ist, welch zermürbende Wochen und Monate ihnen bevorstehen, sonst wären sie schon vorher verzagt. So ist die Corniesfamilie fest entschlossen, diesen Kampf durchzustehen. Die Erlebnisse von 1929 dürfen sich nicht wiederholen. Und sie machen sich von Tag zu Tag neuen Mut: Bald liegt die Grenze hinter uns, bald!

Bleiben oder Gehen? – Das abzuwägen, fiel ihnen diesmal nicht mehr schwer. Elisa Krüger und Berthold Weiß dagegen sind nicht mit ihnen aufgebrochen. Sie wollen erst hören, was die anderen berichten, und dann vielleicht nachkommen.

Georg Frisch hält sich als Mittsechziger zunächst für zu alt zu einem Neuanfang. Die Triebfeder fehle, sagte er müde lächelnd. Erst als Michael Cornies ihn an seinen Traum von der

Freiheit erinnert, verspricht er, auch noch einen Antrag auf Ausreise zu stellen.

*

Franzi hat inzwischen die Hoffnung aufgegeben, jemals Antwort auf ihren Brief zu erhalten. Sicherlich ist er gar nicht angekommen, meint sie. Sie wartet auch nicht mehr auf vorzeitige Freilassung. Zehn Jahre bekam sie wie alle als Vaterlandsverräter, das Urteil ist datiert vom Mai 1947.

Einige Frauen sind amnestiert worden. Franzi nicht. Sie ist in der Näherei die Brigadeleiterin. Dass sie den Platz vorbildlich ausfüllt, wird nicht belohnt, im Gegenteil. Sie sorgt schließlich, dass die Norm erfüllt wird. Wenn nicht, bekommt die ganze Brigade weniger zu essen. Beschweren sollte man sich? Ja, bei wem denn!

Seit vier Wochen liegt Debora in der Lazarettstube. Sie war schon lange vorher krank, doch sie schleppte sich, weil sie auf keinen Fall ohne Franzi entlassen werden wollte. Außer ihr hat sie keinen Menschen.

Ihr Gesicht ist quittegelb, die Augäpfel sogar. Nicht schwer zu erraten, das kommt von der Leber. Krebs? Wer weiß. Sie bekommt ein paar Tropfen gegen die Schmerzen, mehr nicht.

An einem Montag im Oktober 1955 erhält der Lagerkommandant einen Anruf aus Moskau. Er kann nicht glauben, was da angeordnet wird. Sein Einwand: „... Aber von ihr hängt die Leistung ab! Sie ist nicht entbehrlich!“ wird kurz und knapp abgelehnt: „Keine Widerrede! Es ist Befehl.“

Hektisches Treiben setzt ein. Entlassungspapiere werden ausgestellt für Debora Reimers und Franziska Neufeld. Sie werden ihnen aber noch nicht ausgehändigt. Beide wissen nicht, wie ihnen geschieht. Franzi ist von der Arbeit weggerufen worden, sie durfte nicht einmal die angefangene Naht beenden. Debora wurde aus dem Bett geholt.

Beide bekommen anstelle der Lagerkleidung Zivil, müssen ihr Bündel nehmen und werden in ein Personenauto gesteckt. Debora kann sich kaum auf den Beinen halten. Sie bekommt Schüttelfrost, und ihr Körper ist schweißnass.

„Ich sterbe“, stöhnt sie.

„Das ist nur die unvermutete Aufregung“, versucht Franzi sie zu beruhigen.

„Wo bringen sie uns hin?“

„Ich weiß nicht, vielleicht kommen wir frei?“

„Warum sollten sie das so hektisch tun?“

Sie fahren nach Moskau und halten vor einem kleinen Hotel.

Der Pförtner bringt sie in ein Zimmer. Ein Wachmann wird neben der Tür postiert.

„Was geschieht hier mit uns?“, fragt Franzi.

Keine Antwort. Debora legt sich aufs Bett.

Wenig später klopft es, ein Mann steht in der Tür. „Darf ich hereinkommen?“

Debora richtet sich mühsam auf. Ihre Augen werden fragend groß. „Wer sind Sie?“

Er hat Mühe, ein Wort hervorzubringen. „Ist sie das wirklich?“, denkt er. Dann rafft er sich auf: „Nicht wahr, ihr seid Franzi und Debora. Auf der Straße hätte ich euch beide nicht erkannt. Es ist auch Jahre her ...“

„Daniel?“, fragt Franzi zögernd.

Debora wiederholt es, aber sie kann nur flüstern: „Daniel ...“

„Ja, ich komme euch holen“, antwortet er bewegt.

„Wie denn – ?“

Er macht eine bekannte Handbewegung, reibt Daumen und zwei Finger aneinander. Franzi weiß, was das nur bedeuten kann: Freigekauft. Gibt es das jetzt auch?

Debora liegt völlig erschöpft mit geschlossenen Augen. Sie begreift noch nicht, was geschieht. Es ist ja nur eine Wiederholung des Traums, der sie über Jahre begleitet hat: Sie sieht Daniel wieder. Aber wie immer wird es auch diesmal nur Wunschtraum sein, die Krankheit gaukelt ihr das alles nur vor.

Franzi dagegen nimmt es ohne Zweifel als wahr und denkt

sofort weiter. Erregt wiederholt sie die Fingergeste: „Und Gottfried? Holst du ihn auch?“

„Ach, du kannst es ja nicht wissen, er ist in Gnadenfeld. Das erzähle ich dir alles. Auch warum er euch nicht holen konnte. Deshalb bin ich hier.“

„Er lebt also! Ich habe es immer gewusst ...“ Jetzt muss auch Franzi sich setzen.

Daniel steht unschlüssig, wie er sich weiter verhalten, was er sagen soll. So schwer hatte er sich dieses Wiedersehen nicht vorgestellt. Als Gottfried sich auf Franzis Brief hin sofort auf den Weg machen wollte, musste er einsehen, dass ein flüchtiger Häftling keine Chancen hätte, selbst wieder auszureisen, geschweige denn mit seiner Frau. Harry Sailer zog daraufhin Erkundigungen bei den Behörden ein, und er konnte den Handel vorbereiten. Allerdings darf das niemals bekannt werden.

Kathy weiß, dass ihr Mann Debora mitbringen will. Sie hat sich dagegen gewehrt, doch schließlich mimte sie Einsicht: Humanitäre Hilfe durfte man nicht versagen. Aber ihr stummer Groll blieb. Sie konnte nicht ahnen, was geschieht ...

In den Augenblicken der Begegnung ist Amerika weit, weit weg. Daniel sieht, wie die Ereignisse Debora überfordern, ihre Züge mehr und mehr verfallen. Er steht erschüttert, weiß nicht, wie er reagieren soll. Die alte Scheu seiner jungen Jahre ist wieder da, die Deboras Liebreiz damals überwand. Und nun?

Franzi kommt und spricht leise auf ihn ein. „Ich will dir sagen, dass sie dir unverbrüchlich treu war, auch als über zwanzig Jahre und mehr vergangen waren. Sie hat an keinen anderen als an dich gedacht, weil sie dir ihr Wort gegeben hatte. Ich weiß, dass du sie kaum wieder erkennen kannst, aber ihr Herz, ihre Seele ist die gleiche wie damals ...“

„Wieder nur ein Traum“, sagt Debora. Ihre Augen bleiben geschlossen. Da gibt sich Daniel einen Ruck. Er setzt sich auf die Bettkante und streicht mit der Hand über ihre Wange.

„Nein, Debora, es ist kein Traum“, sagt er zärtlich, „ich bin da, um dich zu holen. Ich habe nie aufgehört, dich zu lieben. Gott weiß es.“

Ein Lächeln huscht über die eingesunkenen Züge, dann fällt ihr Kopf zur Seite.

*

Als das Flugzeug aufsteigt und sie das weite Land unter sich liegen sehen, sind es zuerst bittere Gedanken, die Franzi und Daniel – die Tasche mit einer Urne zwischen sich – bewegen. Was hat ihnen dieses Land – nein, dieses Regime, das hier herrscht – angetan! Wie hat es ihr Leben und das Hunderttausender zerstört! Für die Vorfahren war es ein Land der Verheißung, in dem sie sich entfalten konnten. Machtgier verkehrte schließlich alles in ein Land der Grausamkeiten.

Gott hat es zugelassen. Warum? Das werden sie erst in der Ewigkeit erfahren. Beide wissen, sie sind dennoch in seiner Hand geborgen. Denn haben sie nicht Grund genug, zu danken?

Franzi weiß jetzt, ihr Philipp hat seinen Weg gemacht; er ist dem schlimmen Schicksal entgangen. Gottfried ist die Flucht gelungen. Sie werden noch einmal als Familie zusammen sein.

Daniel hat schwer belastet, was er auf dieser Reise erleben musste. Mit jeder Flugstunde, die er sich von Moskau entfernt, fühlt er sich freier. Jetzt hat er Flügel, die er sich einmal sehnlich wünschte. Niemals hätte er geahnt, auf welche Weise sein Konflikt sich löst. Begreifen wird auch er Gottes Wege nicht, er weiß nur eins: Alles ist Gnade.

Nachwort

Am Rande einer deutschen Kleinstadt säumt die nur einseitig bebaute Straße mit weitem, freiem Blick auf Wiesen und Wald eine Zeile Einfamilienhäuser, jedes inmitten eines gepflegten blühenden Gartens.

Als sie in den sechziger Jahren erbaut wurden, sahen die Bewohner aus der Nachbarschaft anfangs misstrauisch auf das Vorhaben. „Was werden die uns für Hütten vor die Nase setzen?“, hieß es.

Die – das waren Aussiedler aus der Sowjetunion. In Russland nannte man sie „die Deutschen“, eher als Schimpfwort, wegen ihrer deutschen Abstammung. Hier nannte man sie auf Grund ihres Herkunftslandes „die Russen“ und war gegen sie voller Vorbehalte.

Als die Häuser aber fertig waren, konnten die Betrachter nur staunen. Es war kein Einheitsstil, sondern da standen wahre Schmuckkästchen. Jeder Bauherr hatte seine eigenen Ideen verwirklicht und dabei die handwerkliche Hauptarbeit selbst geleistet – meist zusammen mit Verwandten und Freunden.

Heute nennt sie niemand mehr „Russen“. Ihr Alltag und ihre Sprache unterscheiden sich kaum mehr von den anderen Stadtbewohnern.

In einem der Häuser wohnen Michael Cornies mit Frau und Kindern, in dem daneben seine Schwester Barbara mit ihrer Familie und den Eltern. Als sie 1957 mit den ersten Russlanddeutschen herkamen und nach einer bestimmten Zeit das Durchgangslager Friedland verlassen konnten, bekamen sie hier Arbeit. Unterkunft fanden sie zunächst in einem Heim.

Bei der Eingliederung kamen ihnen die Eigenschaften zugute, die in Russland sprichwörtlich waren: zum Beispiel fleißig, sauber, ehrlich, ausdauernd, sparsam.

Der Kontakt zur alteingesessenen Bevölkerung wuchs. Viele kamen und fragten: „Wieso habt ihr als Deutsche in Russland gelebt?“ Schließlich kennt nicht jeder die geschichtlichen Ereignisse, die mit dem Ruf der Zarin Katharina Ende des achtzehnten Jahrhunderts begannen. Und die wenigsten konnten einschätzen, warum die Nachkommen der einstigen Auswanderer so froh waren, wieder heimzukehren.

Wie sehr sie unter dem kommunistischen Regime seit der Stalinzeit gelitten haben, was ihnen in Verbannung und Zwangsarbeitslagern widerfuhr, das kann bei jedem Versuch einer Darstellung nur skizziert werden. Der Schriftsteller Alexander Solschenizyn hat Bände gefüllt mit Aufzeichnungen – und natürlich können sie nur unvollständig sein. Jedes Schicksal wäre Stoff für einen Roman.

Was den Deutschen während der Repressalien geholfen hat, war ihr fester christlicher Glaube, der seit den Vorvätern von Generation zu Generation weitergegeben wurde. Als unter der Diktatur ihre Kirchen zu Lagerhallen und Kinos gemacht, die Gottesdienste verboten wurden, haben sie sich eins nicht nehmen lassen: das Gebet.

Hier in Deutschland fanden sie sich auch wieder zu Gemeinden zusammen. Im Wissen, dass sie ohne das Festhalten an Gottes Wort untergegangen wären, halten sie in den Versammlungen und im Alltag auch Traditionen hoch, die von Außenstehenden oft nicht verstanden werden. Anstatt vorschnell zu urteilen, lohnt es sich immer, einander näher kennen zu lernen.

Sie haben jetzt die herbeigesehnte Freiheit. Weil sie vordem fast unerreichbar schien, hat sie höchsten Wert. Nur haben sie während der Diktatur nie daran gedacht, dass Freiheit zwei Seiten hat. Nicht jeder nutzt sie zum Guten. Vor allem junge Leute sind hier und da aufgrund einer falsch verstandenen „schrankenlosen" Freiheit in kriminelle Machenschaften verwickelt worden.

Wilhelm und Ruth Cornies haben inzwischen Familie Wiebe, ihre Verwandten aus der Molotschna, und die vielen Freunde aus der einstigen Heimat drüben in Amerika besucht. Der sie am dringlichsten bat, zu kommen, war Gottfried Neufeld. Er hätte sich gewünscht, auch Emanuel noch als Gast zu haben.

Als 1960 die erste Post von den Cornies' aus Deutschland eintraf, schickte er einen bewegenden Brief an ihn – verdankt er ihm doch, dass seine Flucht möglich wurde. Die Schneebretter, warme Kleidung, ein Feuerzeug und was sonst im Winter unterwegs unentbehrlich war, zu beschaffen und dann geheim bis zum richtigen Zeitpunkt aufzubewahren, war ein Wagnis, das nur ein wahrer Freund auf sich nehmen konnte.

Kinder und Enkel waren sprachlos, denn ihr Großvater hatte nie erzählt, was er da getan hatte.

„Es hätte in Russland, wo die Wände Ohren haben, noch mein Tod sein können", sagte er nur.

„Und hier?"

„Jetzt, wo ich weiß, es war nicht vergebens und er kam ans Ziel – jetzt bin ich glücklich. Wozu also darüber reden?"

Als sie dann das Haus bauten und die Mittel knapp waren, kam ein Dollarscheck: „Was du für mich getan hast, Emanuel, ist mit nichts aufzuwiegen. Nimm doch bitte dieses kleine Zeichen meines Dankes ..."

Beider Wunsch, sich noch einmal zu sehen, ging nicht in Erfüllung. Emanuel starb 1962 im Alter von neunzig Jahren.

Ruth und Wilhelm werden in Kansas nicht nur von Gottfried gefragt, ob sie nicht auch nach Gnadenfeld kommen wollten.

Sie brauchten nicht lange zu überlegen. „Ihr meint es gut", erwiderten sie, „aber versteht bitte: Wir haben jetzt in Deutschland Fuß gefasst ..."

Noch eine Begegnung hat sie besonders bewegt: als sie Hannes und Heiner Krüger trafen. Sie waren sehr vorsichtig beim Berichten, erzählten, dass sie zusammen mit der Mutter in der Verbannung waren, dass der Vater wahrscheinlich im Arbeitslager gestorben sei. Die Eltern haben die Söhne nie in Amerika vermutet, viel eher dachten sie, das gleiche Los wie Gottfried Neufeld sei ihnen damals 1929 in Moskau widerfahren.

Mutter Elisa sei nicht mit ihnen, den Cornies', nach Deutschland aufgebrochen, weil sie erst einen Bericht über ihr Ergehen abwarten wollte. Doch sooft sie geschrieben hätten, es sei nie eine Antwort gekommen ...

Wie viele bewegende Schicksale in diesen Tagen auch deutlich wurden, welche Höhen und Tiefen ihre Erinnerungen auch bargen, waren sich doch alle einig: Was ihre Vorfahren in Russland suchten und zunächst fanden, doch ihnen, den Enkeln, dann versagt war, sehen sie nun wieder vor sich: eine Zukunft.

*